우리 둘만 행복하기로 결정했습니다°

우리 둘만 행복하기로 결정했습니다

이샛별 지음

싸이프레스

prologue

아이를
못 낳는 게 아니라
안 낳는 겁니다

"아이 낳을 마음이 없다고? 음… 이제 보니 남편 사주는 성적 스태미나가 약하네."

신년 운세를 보는 자리였다. 친구와 함께 길 가다 우연히 들어간 고속터미널역 부근의 점집이었다. 가벼운 재미나 볼 요량으로 생년월일을 불러줬는데 "이 사주는 글을 쓰는 사주야" 한마디에 껌뻑 넘어간 게 화근이었다. 당시 브런치에 글을 연재한 지 100일이 되었을 무렵이었다. 그 말에 홀린 듯 3만 원을 추가로 내고 남편의 생년월일도 불러주고 말았다.

나의 경솔함은 남편을 본의 아니게 '약한 남자'로 만들어 버렸다. 부부 사이에 자녀도 없고, 계획조차 없다고 말한 걸 점쟁이는 확실한 단서로 잡은 듯했다. 집 앞에 감나무가 있지 않느냐고 점쟁이가 물어보자 "아니요"라고 대답하니 "감나무 있었으면 큰일 날 뻔했어"라고 임기응변했다던 점쟁이 일화가 떠올랐다. 점쟁이 아주머니는 자신이 용한 점괘를 맞췄다고 확신했을 것이다. 하지만 나는 3만 원이 몹시 아까웠다. 내 남편, 너무나 씩씩한 그이인데….

사실 이런 편견은 우리에게 익숙하다. 평소 우리 부부가 우리 삶에 아이를 들이고 싶지 않다고 말하면 사람들은 별의별 소리를 내뱉는다. 그중 하나는 '둘은 아이를 원하지만 생기지 않아서 안 낳겠다고 하는 것'이란 말이다(우리 뒤에서 하는 이야기지만, 등 뒤에도 귀가 있기 때문에 다 들린다). 그 말은 즉 아이를 원하지 않는 사람 혹은 부부는 애초에 존재할 리가 없다고 전제한다. 혹시 그렇게 말하고 다니는 사람이 있다면 부부 한 사람의 생식 능력에 장애가 있거나 원인 모를 난임을 밝히기 싫어서 낳지 않는 거라 에둘러

댄다고 생각한다.

이런 인식들이 가장 갑갑했다.
아닌데.
아이를 정말 원하지 않는 사람들도 있는데.
아이 없는 삶을 자발적으로 선택한 부부들도 있는데.

혹시나 나와 같은 생각을 가진 사람들이 있나 싶어서 눈을 크게 뜨고 주변을 살펴보았다. 없다. 결혼한 친구들은 모두 아이를 낳았다. 여전히 둘은 꺼리는 분위기지만 '그래도 하나'는 있어야 한다고 말하는 이들이 대부분이었다.

혹시 내가 모르는 사람들 중엔 있지 않을까. 서점엘 가봤다. 아이 없는 삶을 사는 사람들의 책이 조금은 있었다. 반가워서 펼쳐보니 아이를 원하지만 낳지 못하는 사람들, 즉 난임 부부에 대한 이야기가 주를 이루었다. 결과적으로 아이 없는 삶을 사는 표면은 같지만, 본래 자녀를 원하는 사람들과 원하지 않는 사람들의 정서적 간극은 상당히 넓었다. 산 책을 끝까지 읽지 못하고 덮기를 여러 번 반복했다. 아이를 낳을까 말까 심각하게 고민하는 젊은이들의 세태를 취재했다는 TV 다큐멘터리 프로그램들은 결국 ‘생명은 축복이고 육아는 기쁨이다’로 끝을 맺기 일쑤였다. 그럴 때마다 맥이 탁 풀렸다.

하지만 나는 알 수 있었다. 아이 없이 오직 부부 둘이서 알콩달콩 누리는 행복과 자유로움을 원하는 자들이 차츰 늘어간다는 것을. 태어나자마자 지금까지 입시지옥, 취업전쟁 그리고 집값 폭등으로 인한 전세난까지 겪어본 우리 세대, 속칭 밀레니얼 세대들은 각종 의무와 책임에서 이제 좀 벗어나 느긋한 평화를 얻고 싶어 한다는 것을 말이다.

여태까지 배워온 대로 아이를 낳아야 한다고 생각은 하나 내가 진정으로 아이를 원하는 건지는 모르겠다고 털어놓는 지인들도 부쩍 늘었다. 기혼자 커뮤니티에서는 ‘딩크 부부의 삶’을 궁금해하는 글들이 꾸준히 올라온다. 아이를 낳지 않고 살아야겠다고 결정한 사람들은 비록 적을지언정 아이를 낳을까 말까 고민하는 부부들이 적지 않게 눈에 띄기 시작했다.

그러나 이것을 공개적으로 말하기조차 부담스러운 게 우리 세대이다. 왜냐하면 지금 한국은 합계출산율 0명을 기록하는 나라이기 때문이다. 세계적으로 유례가 없는 기록이라고 한다. 인구 절벽이니, 국가 소멸이니 하는 심란한 분위기에서 아이 없는 자유로운 삶을 즐기고 싶다고 말하는 것은 나에게 상당한 용기와 소신이 필요한 일이다.

그래서 나는 내 생애 가장 큰 용기를 내보기로 했다. 아이 없이 살기를 일찍이 선택한 우리 부부의 일상과 생각에 대해서 공개적으로 말하기로 결심한 것이다. 굳이 아이가 없어도 우리는 행복하게 잘 살 수 있고, 현재 누리고 있는 만족과 자유를 보여주고 싶은 욕구도 컸다. 동시에 억울함을 풀고 싶었다. 우리 같은 부부들이 저출산 현상에 일조하고 있는 건 아니라고. 현재 한국은 젊은 사람들이 아이를 키우기에 썩 좋지 않은 환경이라고 신랄하게 까놓고 싶었다. 저출산 정책 실패에 대한 책임은 회피하고 시대 흐름에 뒤떨어진 고압적인 가부장 문화를 유지한 채 저출산 원인을 무자녀 부부에게 돌리는 행태에 할 말 좀 있다고 손들고 싶었다.

책에 담긴 내용은 전부 남편과 내가 아이를 낳을지 말지를 두고 대화한 내용이다. 대화로 정리된 생각들을 내 문장으로 옮겨 적었다. 아이를 낳을까 말까를 두고 고민한 분량이 책 한 권이라니. 우리 부부가 지나치게 조심성이 많은 걸까, 아님 이 나라에서 아이를 키우기 위해 고려해야 할 것들이 그만큼 많은 걸까.

이 질문에 대한 결론은 찾지 못했다. 다만 왜 아이 없는 삶을 선택했는지에 대한 답변은 충분히 준비해두었다.

contents

첫 번째 장°

어쩌다 보니

결혼하게 됐습니다

두 번째 장°

결혼했는데

아이를 낳지 않겠다고?

세 번째 장°

그래도 아이는 낳지 않으려고요

첫 번째 장°

어쩌다 보니

결혼하게 됐습니다

◦ 고시촌에서 연애하다가 시험에 불합격했다

"날 좋아한다면 다가오지 마. 나는 합격해야 돼!"

KBS 〈다큐멘터리 3일〉이라는 프로그램에서 공무원 기숙 학원을 주제로 방영한 적이 있다. 그 기숙 학원에서는 이성 교제가 절대적인 금기 사항이었다. 심지어 남녀 학생이 밥도 분리된 공간에서 먹는 모습을 보면서 남편과 나는 고개를 끄덕였다. '맞아. 남녀 사이는 밥이 문제야. 밥 정이 제일 무서워.' 시험 합격에 있어서 연애는 독이다. 시험에 빨리 합격하고 싶다면 다가오는 이성을 냉정하게 거절해야 한다. 우리 부부는 서로에게 많은 여지를 주다가 고시촌에서 연애를 시작했고 순리대로 시험에 떨어졌다.

남편과 내가 세상에서 서로의 존재를 처음 확인한 장소는 대학동 학원 지하 스터디룸이었다. 한 줌의 햇빛도 들지 않고 퀴퀴한 냄새가 나는 스터디룸에서 둘 다 트레이닝복과 슬리퍼를 신은 채 처음 만났다. 두 번째, 세 번째 만남에도 차림새는 같았다. 시험을 백일 정도 앞두고 다섯 명의 스터디 원들과 거의 매일 만났다. 그중 남편은 내가 얼굴을 가장 늦게 익힌 사람이었다. 고개를 푹 숙인 채 드는 일이 없었기 때문이다. '아무렴 어때, 어차피 여기서 나가면 볼 사람도 아닌데.' 당시에 남편도 같은 생각이었다고 한다. 그래서 그는 좀처럼 말이 없었다.

이십 대의 나는 법대를 나온 여자였고, 남편은 체대를 졸업한 남자였다. 나는 천안에서 상경하여 이십 대의 모든 시간을 서울에서만 보냈고, 남편은 거의 평생을 분당에서 살다 대학동에서 수험 생활을 하면서 서울 생활을 시작했다. 남편과 나는 같은 시험을 준비했으나 시험 과목 중 세 과목은 듣는 학원이 달랐다. 그중 딱 한 과목, 같은 학원 같은 강사의 수업을 들었다. 교집합이라고는 찾아볼 수 없던 두 젊은 남녀의 인생에 그것 하나 겹쳐 비로소 '한국엔 이런 사람도 사는구나' 알게 됐다.

또 하나 공통점이 있었다. 그와 나는 동갑이라는 것. 스터디를 하고 열흘이 지나서야 처음 알게 된 그의 신상 정보였고, 학원에서 동갑내기를 찾기가 어려웠던 나는 그가 '스물여덟 살'이라는 게 무척 반가웠다. 그때부터 나는 그에게 말을 편하게 했으나 그는 나에게 말을 놓기까지 열흘이 걸렸다. '어차피 시험 붙으면 다시 볼 사람도 아닌데 뭐.' 여전히 그는 그런 생각이었다고 한다.

한 번도 스터디를 빠지지 않았던 남편이 스터디를 빠진 날이었다. 밤늦게 집에 가는 버스를 기다리고 있는데 검은 봉지를 들고 편의점을 빠져나오는 남편을 우연히 보고 반가운 마음에 먼저 다가가 인사를 했다. 몸이 좋지 않아 집에서 쉬었고, 쉬는 동안 영화 〈그랜드 부다페스트 호텔〉을 보았다고 했다. "나도 얼마 전에 그 영화 봤는데!" 영화 이야기를 나누었다. 둘이 또 하나의 교집합이 있었다. 그도 나도 영화를 좋아한다는 점.

"너 근데 손에 든 봉지 그거 뭐야?"
"이거 보리차 마시려고 산 거야. 너 한 병 가져가."
"너 다 마시려고 산 거 아냐?"
"원 플러스 원. 나는 하나만 샀으니 나머지는 너 가져."

음료수를 하나 주더니 밤늦은 시간이니 버스를 같이 기다려주겠다고 했다. 그날 이후로 우리는 매일 점심과 저녁을 둘이 먹었다. 그의 자취방 건너편 버스 정류장에서 버스를 타는 나는 가장 늦은 시간대의 버스를 타고 귀가했다. 그는 하루도 빠짐없이 막차를 같이 기다려주었다. 내가 교실의 에어컨 바람이 춥다고 하면 그는 집에서 외투를 가져다주었고, 그가 오래 앉아 있어 허리가 아프다고 하면 나는 방석을 가져다주었다. 가끔은 가볍게 맥주 한잔을 했고, 가끔은 도림천 산책을 했다.

시험이 다가와서 이틀 동안 시험을 치렀다. 그리고 시험이 모두 끝난 다음 날 우리는 디데이를 세는 연인이 되었다. 그 후 두 달 뒤, 시험 결과가 발표되었고 둘 다 낙방했다. 우린 갈 곳 없는 백수가 되었다. 엄밀히 말해 백수가 된 것은 아니다. 백수 신분을 유지하게 되었다.

사귀고 나서 나의 첫 번째 생일은 둘 다 빈털터리 백수 신분으로 맞이하게 되었다. 돈도 없고 심적인 여유도 크지 않으니 특별하게 기념하지는 못했다. 내 생일이 지나고 3주 뒤, 그는 수중에 가진 돈을 최대한 끌어모아 운동화를 사서 직접 신겨주었다. 이 사건을 계기로 그는 공부를 일 년 더 해서 나중에 나를 크게 호강시켜주겠다는 생각보다는, 무엇이든 적시에 내가 필요한 것을 해주고 싶단 마음에 돈을 벌어야겠다고 다짐했단다. 그로부터 한 달 뒤 그는 대기업 계약직으로 취직했다. 무엇보다 그가 더 이상 수험에 뛰어들지 않은 가장 큰 이유는 수험 생활을 하는 동안 공부는 자신의 적성에 영 아니라는 것만 깨달았기 때문이다.

나는 달랐다. 당락으로 결과가 좌우되는 수험 생활은 나를 질리게 만들었지만 공부하는 과정이 괴롭지만은 않았다. 수험을 접는 대신 학문의 길을 가기로 했다. 낙방 소식을 듣고 대학원 진학을 준비해서 합격했다. 수험 생활에 드는 비용도 내가 번 돈으로 충당했었기에 대학원 진학 역시 내가 번 돈으로 공부를 하고 싶었다. 대학원 공부와 병행할 수 있는 일을 찾다가 마침 내가 공부한 지식이 필요한 자리를 찾게 되었다. 나처럼 이제 막 사업을 시작한 경영 컨설팅 회사에서 소소하게 돈을 벌며 공부에 필요한 시간도 확보할 수 있었다.

우리는 연애를 시작한 지 얼마 되지 않아 시험 불합격을 경험하여 열패감에 젖어있었기 때문에 작은 것이라도 하나씩 성취하는 기쁨을 누려보자 약속했다. 기업에 계약직으로 취직한 남편은 해당 기업의 대졸 공채를 꾸준히 준비하여 이듬해 합격할 수 있었다. 나 역시 규모가 작은 컨설팅 사무실에서 내가 공부한 지식을 남들에게 제공하며 사무실의 덩치를 조금씩 불려감과 동시에 스스로 발전해가는 데 보람을 느꼈다. 더불어 업무와 관련된 학문을 대학원에서 공부하니 비로소 공부의 감칠맛도 알아갔다. 백수 신분에서 만나 서로 속도를 맞추어 조금씩 성장해갔다.

수험 공부를 하던 시절로 돌아가 보면, 당시 나의 본격적인 삶은 시작되지 않았다. 주머니도 가난하지만 자아도 빈곤했다. 심적으로 어떤 여유를 가지기 힘든 때였다. 소설로 치자면 프롤로그에서조차 언급될 수 없는 단계라고 생각했다. 일 년 중 시험 당일과 합격자 발표의 날, 단 이틀을 제외하고 하루 종일 앉아서 공부만 하는 일상은 텅 비어 있는 시간이라고 생각했다.

하지만 내 생각과는 무관하게 내 삶은 한번도 쉰 적 없이 계속되고 있었다. 잠잠한 수험 생활 그 안에서도 흥미로운 학문을 알아갔으며, 그때 만난 남자와 사랑에 빠져 종국에는 결혼까지 했으니 말이다. 나는 2년이 넘는 시간을 투자한 수험에 실패했다. 하지만 무슨 주제든 그 시간을 빼놓고 결코 나라는 사람을 설명할 수 없다.

당시 그를 외면하고 열심히 공부했더라면 시험에 합격했을 수도 있다. 그랬다면 내가 계획하고 원하던 커리어를 쌓을 수 있었을 것이다. 그러나 사랑하는 사람과 서로의 성장 단계를 지켜볼 수 있는 기회와 묵묵히 기다릴 수 있는 인내, 소소한 성취의 기쁨, 그 과거를 하나씩 반추할 수 있는 추억, 그 안에서 견고하게 쌓아올린 신뢰는 얻지 못했을 것이다. 무엇보다 지금의 남편과 결혼까지 이어지지 못했을 거라는 생각이 가장 아찔하다.

볼품없고 초라하게 느껴지는 시간도 결국 내 생각에 지나지 않을 뿐, 오늘도 내 생은 뚜벅뚜벅 앞을 향해 나아가고 있다. 생이라는 거대한 틀 안에서 과거의 시각으로 보지 못했던 것들이 훗날 보이기도 하고, 과거의 시간을 모아 어떻게 쓰느냐를 두고 또 한 번 선택의 기로에 놓이기도 한다. 내게 주어진 오늘은 미래에 어떤 가능성을 품고 있을지 모르는 씨앗 같은 날이다. 3년간의 수험 생활과 시험 불합격 그리고 남편과의 만남이라는 사건이 내게 가져다준 소중한 선물이다.

• 비혼주의자, 결혼하다

나는 결혼이 싫었다. 내가 결혼하고 싶지 않다고 누누이 내뱉고 다닐 때는 '비혼'이라는 말조차 없었다. 그런데도 나는 거의 본능적인 감각으로 결혼을 싫어했다. 여자의 인생에 결혼을 덧쓰게 되면 뻔하고 재미없는 굴레에 빠지게 되는 것 같았다. 나이가 들면서 남편이 젊은 여자와 바람나지 않을까 전전긍긍하는 내 모습을 나도 좋아할 자신이 없었고, 평생 나를 키워주거나 보살펴주지도 않은 웬 중장년 부부에게 '며느리 도리'를 충실히 이행했는지 아닌지 평가받는 것도 몸서리치게 싫었다. 가사와 육아로 인해 나의 경력과 꿈을 상당 부분 희생해야 하는 것도 상상할 수 없었다. 대학교 때문에 서울에서 혼자 자취한 생활이 10년 차였는데도 외로움이라는 감정보다는 결혼으로 인해 파생될 각종 의무들이 더 번잡하게 느껴질 뿐이었다.

이렇게 결혼에 대해 부정적인 생각을 토로하면 꼭 이런 말을 하는 사람이 있었다.

"야, 결혼 안 한다고 말하는 사람이 더 빨리하더라."

결혼하기 싫은 이유를 심각하게 늘어놓는 나의 말허리를 끊고 저런 말로 김을 빼는 그 자의 입을 톡 치고 싶을 만큼 너무나 얄미운 그 말. 저 말이 내 귀에 박힐 때마다 속으로 이를 부득 갈고 또 한 번 다짐했다. '저런 편견을 부수기 위해서라도 나는 결혼하지 않으리라. 두고 봐.'

하지만 나는 현재 남편과 2년여간의 연애를 청산하고 결혼했다. 친구들 중에서 제일 빨리 한 건 아니지만, 서울 여성 평균 초혼 연령이 만 31세 시대에 정확히 만 29세가 되던 무렵 결혼을 한 것이다. 결혼하지 않겠다고 20대 내내 말하고 다닌 터라 친구들은 나의 결혼 준비 소식을 매우 놀랍게 받아들였다. 나의 시각을 바꾼 남편에게 상을 줘야 한다는 친구도 있었고, 나와 함께 30대의 싱글 라이프를 보내고 싶었는데 갑작스러운 결혼 소식에 서운해하는 친구까지 있었다. 저 말을 내뱉은 지인 중 한 명은 '그럴 줄 알았다'며 짐짓 의기양양해 했다. 본의 아니게 편견을 사실로 순순히 증명하는 사람이 되었다는 굴욕감은 있지만 그리 억울하거나 기분이 나쁘지만은 않다. 아니 사실 좋다. 내 남편과의 결혼 생활이 말이다.

결혼하고 싶지 않았던 이유는 오만 가지 정도 댈 수 있는 데 반하여 남편과 결혼한 이유는 아주 단순하기 그지없다. 남편과 이별하고 싶지 않았기 때문이다. 2년 반이라는 시간 동안 대화의 소재가 마를 날이 없었던 유순한 연애를 하면서 나는 남편을 통해 새로운 세상을 봤다. 남편을 만나기 이전에 좀처럼 여행에 돈을 쓰지 않았던 내가 여행을 좋아하는 남편 덕분에 많은 국내외 여행지를 돌아다녔다. 처음으로 해외여행을 가보기도 했다. 대만 타이베이를 시작으로 베트남 동서부를 열흘 남짓 여행했으며, 중국 상하이의 디즈니랜드도 갔다. 남편과의 동행에서 여행이 주는 매력에 푹 빠진 나는 급기야 혼자 배낭을 메고 비행기를 타기도 했다.

그동안 나는 여행을 싫어하는 사람이라고 나 스스로를 재단하고 있었다. 내가 여행에 대해 갖고 있었던 경험은 '수학 여행'이나 '패키지 여행'이었다. 버스에 다 같이 올라타 속이 울렁거리는 지루한 이동 시간을 거쳐 목적지에 도착하면 우르르 사진을 찍고, 미리 예약한 식당에서 밥을 먹고 또 이동…. 이런 여행만이 익숙했던 나는 여행에 좀처럼 좋은 기억을 가지고 있지 않았다. 뒤늦게 남편과 여행을 하고 보니 내가 싫어했던 것은 '여행' 그 자체가 아니었다. 내가 싫어한 건 '단체 여행'이었을 뿐이었다. 이제 보니 나는 여행이 주는 낯섦과 자유를 아주 잘 즐기는 사람이었다.

나는 알게 되었다. 내가 굉장히 방어적인 태도를 가지고 있었다는 것을. 많지 않은 경험으로 섣불리 나라는 사람의 특성을 미리 단정 짓고 있었던 것이다. 이런 성향을 지닌 내게 남편은 "너의 시각은 잘못됐어"라고 말하거나 나를 말로 설득하는 사람이 아니었다. 그저 나의 손을 잡아주고 조금씩 나를 미지의 세계로 이끌어주는 사람이었다. 서두르지 않고 천천히 한 걸음씩 발을 뻗을 수 있게 도와주는 사람이었다.

남편과의 연애를 통해 문득 결혼에 대해서도 내가 지나치게 방어적인 생각을 가진 게 아닐까 하는 의문이 들었다. 나는 '결혼' 그 자체를 싫어하는 것인가 아니면 '결혼'이라는 제도 이면에 깔린 다른 것을 거부하고 있는 것인가, 만일 후자라면 결혼을 하되 그 '다른 것'은 거부하면서 우리 식대로 가정을 꾸려나갈 수 있지 않을까? 마치 내가 자율성이 거의 없는 단체 관광은 거부하되 처음부터 끝까지 내 손으로 계획하는 자유 여행은 즐기는 것처럼 결혼도 그럴 수 있지 않을까?

곰곰이 생각해보니 나는 '가부장적인 질서'를 거부하고 있었다. 신혼부부의 가정이 'O 씨 집안의 XX 번째 지부' 정도로 여겨지는 게 싫었던 것이다. 평소에도 '결혼'한다는 말 대신 '시집' 간다는 표현은 어쩐지 굴욕적이라 의식적으로 쓰지 않으려 노력했다. 남편과 같은 교육 과정을 차근히 밟아오고 맞벌이를 하는 처지에 여자라는 이유만으로 가사나 육아가 나의 일이 된다는 게 이해가 가지 않았다. 30년 동안 서로의 존재조차 모르다가 우연히 인연을 맺게 된 시부모에게 주기적으로 안부 전화를 드리거나 방문하는 등 마치 딸이나 할 법한 역할(사실 딸들도 안 한다)을 대행하면서 그 집안의 가장 아랫사람으로 취급받는 것도 싫었다. 이 모든 것을 하나로 묶는 말은 '가부장'이라는 관습이었다.

당시 남자 친구였던 남편에게 이런 생각을 서슴없이 털어놓았다. 나는 결혼해서도 당신과 지금처럼 알콩달콩 잘 지내고, 나의 학업과 일을 묵묵히 하면서 함께하는 미래를 개척해나갈 테지만 '관습'에 맞는 착한 아내가 될 자신은 없노라고. 직장에서 퇴근하자마자 허겁지겁 달려와 집 청소도 깨끗이 하고 된장찌개도 맛있게 끓여놓고 남편에게 "고생했어" 하며 방긋 웃는 착한 아내는 못 될 것 같다고. 대신 당신에게도 '가부장'으로서 해야 할 역할을 기대하지 않겠노라고. 내가 일 욕심이 많고 돈을 버는 것에서 희열과 만족을 얻는 사람이니 남편이 생계를 전적으로 책임져야 할 일도 없을 테고, 내가 해결할 수 있는 문제까지도 남편에게 '남자라는 이유'로 떠넘기거나 의존하지 않을 거라고 말했다. 애초에 남편은 한없이 기대지 않고 연애 이외에 확실한 내 생활과 계획이 있는 내 모습을 좋아했으므로 둘 사이에 크게 문제가 되지 않았다.

결혼에 큰 뜻이 없었던 나는 여성 평균 초혼 연령보다 이른 나이에 결혼했다. 오히려 결혼을 간절히 원하는 친구들보다도 결혼이 빨랐다. 내가 분석하는 나의 비혼 실패 원인은 행복한 가정의 요소보다는 불행한 가정의 요소를 일찍이 파악하고 있었기 때문은 아닐까 한다. 행복에 많은 조건이 필요한 시대이다. 특히 행복한 결혼 생활에 필요한 요소들부터 적고 있자면 끝이 보이지 않을 것이다. 내 삶에 자연스럽게 결혼 생활을 더하는 것이 아니라 이상적인 결혼 생활을 먼저 설정하고, 그 그림에 내 삶을 맞추려 했다면 아마 결혼은 거대하고 힘든 '목표'였을 것이다. 본격적인 결혼 생활에 접어들기도 전에 이미 '완벽한 결혼'엔 많은 조건이 필요하다는 수십 통의 전화를 받았다. 결혼 관련 업체들이 '신부님이 꿈꾸던 완벽한 단 하루'라는 말과 수백 개의 화려한 상품으로 나를 현혹하려 했던 것이다. 하지만 결혼 자체를 생각해보지 않던 내가 이상적인 결혼식 따위 꿈꾸었을 리 만무했다.

같은 배경에 인물만 다른 스튜디오 촬영이나 더 맘에 드는 예물 혹은 드레스를 고르려 청담동 구석구석을 누빌 시간과 체력, 비용을 아껴 우리가 좋아하는 여행이나 실컷 하자고 다짐했다. 한두 달에 한 번 팔도 여행을 다니며 삼각대를 세워 놓고 셀프 스냅을 찍었다. 각자의 부모님께 반드시 독립하자고 약속한 만큼 예단이나 꾸밈비 등 복잡한 절차는 모두 생략했다. 권위 있는 주례 대신 각 가정의 어른들께 축사를 부탁드렸고, 비싼 드레스를 대여하거나 식장 내부를 더 화려하게 꾸미는 대신 평소에 잘 챙겨주지 못하던 사촌 동생의 밴드를 불러 연주를 요청했다. 다른 이들의 시선에는 많은 것이 미달된 결혼이었겠지만 이 모든 과정이 큰 잡음 없이 우리 부부의 바람대로 순탄하게 흘러가는 것을 보면서 '우린 정말 행복하게 잘 살 수 있을 거야' 믿음이 생겼다.

완벽하게 행복한 가정을 꿈꾸는 대신 불행한 가정을 피하려 접근한다면 절대 내 집에 들이지 않을 몇 가지만 골라내면 된다. 나는 맨 처음으로 '가부장제'를 걷어차 버렸다.

◦ 시부모님의 돈, 받지 않겠습니다

0원.

우리가 양가 부모님께 결혼 과정에서 받은 돈의 액수이다. 돈뿐만 아니라 결혼 과정에서 예물이나 예단 등은 물론 폐백까지 생략했다. 형식적인 수준에 그친다고 하여도 예물과 예단을 준비하는 것도 적지 않은 비용이 드는 데다가 폐백을 하고 나서 어른들이 쥐여주는 '절값'이라는 것도 받고 싶지 않았다. '절값'을 받기 위해선 시어른들에게 예단도 잘해야 하는 문제가 생기고, 우리 집에서 예단을 하면 또 시댁에서는 얼마라도 쥐여주어야 하니 아무것도 하지 않기로 했다.

양가 부모님께 돈을 받지 않은 이유는 두 가지가 있다.

한 가지는 더 이상 부모님들에게 돈을 달라고 말할 염치가 없었기 때문이다. 양가 부모님은 모두 현직에 계신다. 남편의 어머님은 공직 생활을 30년 넘게 하셨고, 아버님도 은퇴 후 재취업을 하셨다. 우리 부모님은 지방에서 각자 개인 사업을 하고 계시고, 사업장 건물은 부모님 소유다.

나와 남편은 각자 부모님 아래 경제적으로 큰 어려움 없이 순탄하게 자랐다. 겉보기엔 모두 자녀 결혼에 흔쾌히 돈 몇천, 몇억 내어줄 것 같은 베이비붐 세대 중산층 같아 보이지만, 또 다른 둥지까지 만들 여윳돈은 없다.

아주 뻔하게도 자녀들 양육과 대학 등록금, 취업 준비 등으로 큰돈들이 사르르 녹았다. 자녀뿐이랴. 아직 정정하게 살아계신 그들의 부모도 부양 중이거니와 본인들의 현 상태를 간신히 유지하기 위한 주택 담보 대출금, 보험료, 생활비 등을 매달 충당하기 위해 오늘도 삶의 전장에 계신다. 자녀들이 홀랑 집어간 노후 대비 자금을 지금이라도 힘닿는 데까지 벌어놔야 한다고 결의를 다지던 중 장성한 자녀의 결혼 소식을 들은 기분은 놀랍고 기쁜 한편 심장이 쿵 내려앉는 심정은 아니었을까? 자식들의 결혼까지 책임지려면 결국 부모의 노후 자금을 탈탈 털어야 하는 문제, 그러니까 그건 곧 '생존' 문제였다.

물론 우리가 돈이 있는 것도 아니었다. 나는 대학원 공부와 일을 병행하는 와중이었고, 남편은 지금 다니는 회사에 들어가고 나서 2년 뒤 결혼식을 올렸으니 말이다. 월마다 차곡차곡 모아 놓은 돈이 있긴 했지만, 서울에서 전세를 얻기엔 당연히 무모한 수준이었다.

돈이 부족하여 결혼 준비에 애먹는 아들, 딸의 모습이 안쓰러웠는지 부모님들은 급기야 집이나 상가를 팔아서라도, 빚을 내서라도 결혼시키자는 이야기를 꺼냈다. 우리는 결단코 거절했다. 그리고 회사 근처 빌라에서 월세살이부터 시작했다. '부모님 능력'이라는 후광을 벗어던지고 처음 마주한 '우리의 능력'이었다.

나와 남편이 꾸리는 가정은 집안과 집안이 만나 파생한 작은 가정이 아니라 부모님에게서 떨어져 나와 완벽하게 독립한 별개의 가정이길 원했다. 그런 가정을 만들기 위해서 우리 가정에 부모님의 지분은 없어야 했다.

우리는 반드시 독립된 형태의 가정이어야 하고, 부모님께 몸만 큰 어린애들이 아닌 경제 활동을 하는 어엿한 성인으로 존중받아야 한다는 의견은 내 입김이 훨씬 컸다. 결혼을 결심하고 가장 먼저 가부장제를 걷어찬 나는 '살갑고 착한 며느리'가 될 자신이 없었기 때문이다. 날 낳아준 제 부모 돈도 뻔뻔하게 받지 못하는 주제에 여태 고작 두어 번 정도 마주한 시부모님의 돈을 받고 나면 더 큰 부채감에 시달릴 게 뻔했다. 그리고 그 부채감은 너무 강력한 것이어서 나를 '며느리 도리'라는 틀 안에 옥죌 수 있다는 직감이 들었다. 나에게 며느리의 역할이란 시부모의 아들과 서로 배려하고 함께 성장하며 행복하게 사는 것이며, 나머지는 모두 부수적인 것이다.

그러나 현실에선 며느리의 역할과 남편 및 시부모의 바람이 구분되지 않고 쓰이는 경우가 너무 많다. 역할과 바람, 이것이 모두 뭉뚱그려져 '며느리 도리'로 통용되곤 한다. 사교성 있고 애교 많은 성격에 시부모에게 연락도 자주 드리고, 시부모 생일에는 생일상과 미역국을 자처해서 끓여내고, 시댁 행사를 군소리 없이 치러내는 것. 나의 기준에선 이건 내 역할이 아니라 나 아닌 다른 이의 바람일 뿐이다. 그 바람에 부응하려 본연의 내가 아닌 채 몇십 년의 삶을 살아갈 자신이 없었다.

사실 시부모님은 결혼 과정에서 경제적 지원을 주고받는 것과는 별개로 이건 나의 도리라고 생각하실지 모른다. 그 기대는 시부모님의 것이기 때문에 내가 건드릴 수 있는 부분은 아니다. 내가 할 수 있는 것은 스스로 내 역할과 타인의 바람을 정확히 구분 짓는 것. 내 역할을 다하고 있음에 만족하고 바람에 부응하지 못했음에 괴로워하지 않는 것. 나 아닌 다른 모습으로 살기 위한 노력을 하지 않는 것. 이걸 실현하기 위해서는 나의 자존이 단단해야 했고, 그 자존을 지키기 위해 조금이라도 의존하고자 하는 생각을 버렸다. 경제적인 것, 정신적인 것 모두.

가정에 종속되어 가정에서의 역할을 수행하기 위한 '며느리'가 아니라 가족 구성원들과 구분되는 주관과 의견을 가진 '나 자신'이 되자고 다짐했다. 이렇게 내가 결혼식장에서 읽은 '성혼 선언문'은 나의 '독립 선언문'이 되었다.

우리 집 가장은 남편이 아니다

결혼식을 올리고 나서 신혼집에서 맞는 서너 번의 주말 중 하루였다. 앞으로 우리의 삶에 대해서 이야기를 나누다가 남편이 낮은 목소리로 이야기를 했다.

"사실 나는 이제 결혼한 어른으로서의 책임감도 조금씩 느껴져. 가장으로서 우리 가정을 이끌어 나가야 한다는 부담감도 있고, 양가 부모님께 먼저 나서서 잘해야 한다는 의무감도 있고."

남편의 이야기를 듣다가 깜짝 놀란 나는 반문했다.

"자기가 왜 가장이야? 나도 돈 버는데? 우리 버는 수입도 같잖아. 게다가 부수적인 재테크 수입까지 합치면 내가 더 많이 벌 때도 있고. 어찌 보면 우리 둘 다 서로에게 의지하고, 서로를 부양하는 처지인데 왜 자기만 우리 집의 리더지?”

이날 우리는 ‘가장(家長)이란 무엇인가’를 두고 긴 시간 토론했다. 남편은 그 집안의 가장 나이 많은 남자가 가장이라고 여겼고, 나는 그 집안의 경제권을 쥐고 있는 사람이 가장이라고 여겼다. 나의 논리는 그동안 사회적으로 여성에 비해 남성이 경제 활동을 하는 수가 월등히 많았고, 그래서 집안에서 경제권을 담당하는 것은 남성이었기 때문에 대다수 남성이 가장 역할을 수행했다는 것이었다. 이젠 여성들도 활발히 경제 활동을 하고, 힘이 아닌 머리를 쓰는 지식 산업 시대에서는 여성이 돈을 더 잘 버는 것도 이상한 일이 아닌데 오직 남성만 가장이라는 생각은 바뀌어야 하지 않을까라는 취지였다.

결국 남편도 나의 논리에 수긍하고 “그럼 우리 집 가장은 나보다 돈을 좋아하고 잘 불리는 꽃샘이 네가 하면 되겠네!” 말했다. 딱히 장(長)의 권위를 탐내고 시작한 토론은 아니었지만 어쨌든 인정해준다니 나도 “그래, 이 집의 짱은 바로 나야. 이제부터 내 말 잘 들어야 돼”라고 장난스레 으스대면서 대화를 끝냈다.

그로부터 몇 년 뒤, 이 대화를 다시금 곱씹게 된 건 남편 덕분이다. 둘이 퇴근하고 와인 바에서 얼큰하게 술이 취한 날이었다. 남편은 그날의 대화가 인생에서 손꼽을 수 있는 신선한 충격이었노라고 고백했다. 여태까지 배워온 남성으로서의 역할, 이미 결혼 전부터 느꼈던 가장의 무게를 내려놓을 수 있었다고.

남편은 고지식하고 책임감이 강한 성격이다. 그에 더해 '가장'이라는 무게까지 지게 되었으니 그 부담감이 가볍지 않았던 모양이다. 그 시기에 내가 '그건 당신 역할이 아니야'라고 말해준 게 무척 파격적이면서도 내심 반가웠단다. 그 후론 한 번도 자신을 우리 집 가장이라고 생각해본 적이 없다고 고백했다.

하지만 나 역시 전통적인 내 역할을 남편에게 떠넘긴 것이 있다. 바로 살림. 나는 살림을 못한다. 혼자 살 땐 '무질서도 질서'라는 궤변으로 정리 정돈을 미뤘고, 설거지는 다음 끼니를 그릇에 담기 위해 하던 것이었다. 그나마 요리는 엄마의 레시피를 전수받아 간간이 먹고 사나 새로운 메뉴를 개발할 의욕은 없다. 반면 남편은 수건부터 각 맞춰 접고 수시로 집 안을 쓸고 닦는다. 크리스마스 선물로는 무선 청소기를 요구했고, 유튜브 쿡방을 틀어놓고 요리를 한다. '집이 무척 깨끗하다'라는 칭찬에서 큰 기쁨과 보람을 느끼는 사람이 내 남편이다.

나는 살림하는 재주는 없지만 재테크를 좋아한다. 부동산 시장에 늘 촉각을 곤두세우고 어떤 식으로 돈을 벌 수 있을지를 항상 생각한다. 여기에서 얻는 소소한 수익이 내 삶의 희열이며 만족이다. 남편은 월급 이외의 돈벌이에는 크게 관심이 없다. 그리고 나는 트렌드에 민감한 성향이라 새로운 것에 대한 호기심이 많다. 한 번도 안 가본 곳, 보지 못한 것, 먹지 않아 본 음식을 찾아 주말이나 휴가를 보낼 계획을 짜는 건 항상 나다. 계획을 짜고 새로운 정보를 알아보는 일을 영 힘들어하는 남편은 내가 짠 계획에 맞춰 따라다니는 걸 좋아한다.

만일 우리가 전통적인 역할에 매몰되어 남편은 내게 깔끔한 살림 능력을 요구하고, 나는 남편에게 모든 의사 결정 권한을 넘기거나 돈에 관심 좀 갖기를 기대한다면 둘이 사는 게 무척 괴롭지 않을까?

우리는 서로 잘할 수 있는 일을 인정해주기로 했다. 이 말인즉 관습적인 틀에 갇혀 상대방을 판단하지 않기로 한 것이다. 가장이라는 역할에 남편을 가두지 않고, 그 가장을 보조하거나 따르는 역할에 나를 가두지 않는다. 그래서 우리 집엔 가장도 없고 내조라는 개념도 없다. 아무렴 어떠하리. 오늘도 우리 집은 깨끗하고 편안하며 평화롭다.

나와 너무 다른 당신과의 결혼

"반대가 끌리는 이유(god)"라는 노래 제목도 있지만, 남편과 나는 결혼 전까진 서로 무척 닮은 사람이라 여겼다. 어떻게 나랑 이토록 비슷한 사람이 있을까 놀라울 정도였다. 우리는 영화와 책 이야기로 취향을 공유하며 조금씩 가까운 사이가 되었다. 남들에게는 소박해 보일지언정 현재 나의 선택을 최고의 가치관으로 삼는 서로에게 반하여 결혼까지 했다.

그렇다. 그것은 완벽한 오해였다.

영화관에서 같은 영화를 보고도 서로의 별점은 양극단을 달리는 경우가 꽤 많았다. 책을 제법 읽는 것으로 보였던 남편은 알고 보니 군대 시절 읽었던 책 120권으로 서른 넘어서까지 그 지식을 우려먹는 중이었다. 남편과 나는 타고난 성향도, 주말을 보내는 방식도, 인간을 바라보는 관점도, 삶의 우선순위도 모두 다르다는 걸 결혼하고서야 깨닫고 말았다. 심지어 요리를 할 때 양념장의 '조금'이라는 기준마저도 달라 매일 아옹다옹한다.

오해에서 비롯된 결혼 생활을 하는 우리가 결혼을 용케 무르지 않고 무난하게 사는 이유가 도대체 뭘까. 곰곰이 생각해 본 결과 서로가 하는 말을 꽤 잘 듣는다는 것, 이거 하나 말고는 떠오르는 게 없었다. 상대방의 말을 귀에 잠시 걸치고 돌아서면 잊는 게 아니라 나와 정반대인 저 사람의 생각을 곱씹어 본다. 그로 인해 내 생각이나 행동에 아주 작은 변화가 하나씩 쌓여가는 것. 그게 우리 결혼 생활을 지탱하는 힘이 아닐까 싶다.

색깔로 비유하자면 새빨갛거나 샛노란 원색으로 표현할 수 있는 게 나라면 남편은 하얗거나 검은 무채색의 사람이다. 생각이나 취향 등 뭐든 뚜렷하고, 남들과 확실하게 구분되는 개성을 가진 게 나다. 개성이 강하고 특이한 사람이라는 흥미를 유발할 수는 있을지 몰라도 모든 사람과 조화를 이루는 일은 어렵다. 원색은 아무 색이나 어울리는 색은 절대 아니니까.

반면 남편은 무채색 인간이다. 어딜 가도 본인의 생각이나 주관을 드러내기를 꺼리고 남들의 의견을 반발 없이 수용한다. 튀지 않아 그다지 흥미롭게 느껴지지 않는 사람일지 모르지만 사람들과의 원만한 관계를 유지하거나 만인의 호감을 사는 쪽은 당연히 남편이다. 다들 옷장에 무채색 기본 티 한 벌쯤 있는 것처럼 말이다.

남편은 내게 관계에 대한 조언을 해준다. 내가 사람에 대한 편견이나 관계의 불편함을 숨김없이 드러내면 문제에 대한 다른 관점을 제시한다. 그리고 내게 '사람한테 그런 식으로 행동하는 건 정말 별로야'라는 직언도 서슴없이 한다. 나는 앞에서는 남편의 의견을 전적으로 수긍하진 않지만, 결국 남편의 조언을 상당 부분 따른다.

그 이유는 남편에게 솔직히 털어놓음으로써 불필요한 감정과 유치한 생각은 걸러졌기 때문이고, 적어도 사람과의 관계 문제는 나보다 남편이 현명한 판단을 한다는 믿음이 있기 때문이다.

나는 남편에게 일상에서 직접적으로 조언할 일은 없다. 대신 남편은 관습이나 다른 사람의 시선에 자신을 맞추지 않고 본인이 추구하는 삶을 사는 나를 보며, 조금씩 전통적인 책임이나 역할은 내려놓고 자신의 내면에 귀 기울이고 목소리를 내는 법을 배우고 있다. 다양한 사람을 만나고, 가지 않았던 곳에 가보는 것을 무척 좋아하는 내 옆에 있으면서 정반대의 성향인 남편은 이전에는 전혀 알지 못했던 세상을 알아가고 있다고 말했다.

판이한 두 사람이 만나 서로의 빈틈을 메워주고 마침내 그럴싸한 인간 하나가 되는 과정. 나는 이것이 우리 부부의 결혼 생활이라 정의를 내렸다.

우리는 결혼을 통해 편협하고 불완전한 서로를 더 '인간답게' 보완하는 중이다.

남편과 주말 하루를 반드시 따로 보내는 이유

인연이 오래된 친구를 만났다. 연애에 잠시 휴지기를 가지고 있는 친구인데 세어보니 스무 살 이후 서른 넘은 지금까지 연애를 쉰 기간이 불과 100일 이내였다고. 스스로도 놀랐단다.

“너 나이도 찼는데 빨리 좋은 남자 찾아 결혼해”라는 말 따위는 친구의 행복에 별 관심 없는 수많은 사람에게 들었으리라. 나는 더없는 좋은 시간이니 여유를 충분히 만끽하라는 말을 해주었다.

이미 결혼한 내가 이런 말을 했으니 기만으로 들렸을 수도 있다. 하지만 우리 부부는 사람이 크게 자라는 시간은 ‘혼자 있을 때’라고 믿는다. 좋은 사람을 만나는 일도 물론 중요하다. 하지만 우리는 혼자 있는 시간은 더 나은 사람이 될 수 있는 최적의 시간이라

여긴다. 역설적이게도 이 생각이 우리 두 사람을 묶어주었고 한 집에서 살게 만들어 주었다. 우리 둘은 아침에 눈 떠서부터 밤에 눈 감을 때까지 항상 함께 하고 싶어서 결혼했다기보단 서로에게 혼자 있는 시간과 여유를 가장 잘 내어주는 사람들이라 결혼한 것이다. 이 선택은 결혼 이후의 삶 역시도 순탄하게 만들어주고 있다.

우리 부부는 연애 당시 일주일 중 토요일에 하루 만나 놀고 일요일은 서로 떨어져 각자의 시간을 보냈다. 결혼 후에도 그 원칙은 자연스레 지켜지고 있다(평일에는 매일 보게 되었지만). 토요일엔 둘이서 할 수 있는 걸 하고 일요일은 각자 하고 싶은 걸 한다. 토요일엔 남편과 실컷 돈을 쓰고 먹고 사람 많은 곳을 늦게까지 돌아다닌다. 눈여겨본 맛집에도 가보고 흥행하는 영화도 보고 큰 쇼핑몰에도 놀러 다닌다.

다음 날 일요일은 어제 쓴 카드 명세서를 보며 '하루 동안 돈 펑펑 쓰고 내일부터 닷새를 노동해야 하는 이 굴레는 무엇이란 말인가' 따위를 진지하게 생각해볼 수 있는 날이다. 전날은 맛있는 것을 먹거나 유행하는 옷이나 신발을 산다면 일요일은 오직 나만 가질 수 있는 것들을 쌓고 만든다. 이를테면 취향이라든가 지식이라든가 창작물이라든가. 그래서 일요일엔 혼자 카페에서 책을 읽고 글을 쓰거나 남편의 취향과는 영 거리가 먼 영화를 본다. 요새는 호감 있는 나라의 언어도 배운다.

부부로서 둘이 함께하는 시간은 참 소중하고 즐겁다. 그렇지만 이 재미에 비견하여 혼자 보내는 시간이 결코 외롭고 초라하지 않다. 혼자 있는 시간은 그 누구와 공유할 수 없는 '내 것'을 생산하는 시간이기 때문이다. 노동이나 소비하는 날과는 질적으로 다른 만족을 느끼는 날이기도 하다. 소비 생활은 둘 이상도 함께 할 수 있는 행위이지만 생산 활동은 오직 나 혼자만 할 수 있는 사적인 행위이다. 그래서 내게 일요일은 남들과 구분되는 나의 생각, 나의 개성을 만드는 시간이다.

남들의 의견에 주로 맞추어주는 성향을 가진 남편의 일요일은 타인에게 벗어나 시간을 마음껏 쓸 수 있는 귀중한 날이다. 평소엔 내가 좋아하는 것을 선택하는 그라면 일요일엔 이런 양보가 없는 날이다. 남들 눈엔 와이프의 의견에 아무런 불평 없이 맞추어주는 남편이 자상해 보일지 모르겠다. 하지만 난 그에게도 취향이 있고 휴식이 필요하다는 걸 누구보다 잘 안다. 일요일만큼은 절대 남편의 시간을 침범하지 않는다. 남편이 그 누구의 눈치를 보지 않고 혼자인 자유를 만끽하게끔 한 집에 있어도 분리된 다른 방에서 내 시간을 보낸다. 내가 좋아하는 영화감독의 신작을 남편과 같이 보고 그 감상을 공유하고 싶더라도 평일까지 참는다. 참을성이 한계에 달한 날이 하필 일요일이면 혼자 조용히 나가서 보고 온다. 이런 방식으로 일요일은 내가 그에게 할 수 있는 가장 큰 배려를 하는 날이기도 하다.

결혼을 하면 둘이 함께하는 일상의 연속이다. 한집에 있다 보면 서로 다른 일을 하거나 말을 섞지 않는 상황에서도 서로를 의식적으로 배려해야 한다. 이런 피로를 덜어줄 수 있는 시간이 부부 사이에 필요하다.

결혼 생활뿐 아니라 연애할 때도 모든 생활이 상대에 맞춰져 있었다면 그와 잠시 떨어져 나만의 것을 만들거나 자신에게 휴식을 주는 것도 썩 괜찮은 대안이라 생각한다. 그 시간 속에서 만들어진 나의 반짝반짝한 개성과 여유 있는 모습은 누군가에게 반드시 큰 매력과 위안으로 다가올 것이므로.

시부모님과 가족이 될 수 있을까

결혼하고 처음 맞는 설 명절이었다. 설날 몇 주 전부터 유부녀들이 모인 단체 채팅방과 카페는 명절을 성토하는 이야기들이 일찍이 시작됐다.

내 남편의 집안은 차례나 제사를 지내는 집이 아니다. 그래서 나는 명절에 대한 부담감이 다른 며느리보다도 훨씬 덜하다. 그러나 시가족은 여전히 편하지 않다. 표면적으로는 제도에 의한 가족이지만 실질적으로는 서로 30년 동안 어떻게 살아왔는지, 무슨 생각을 하고 살아왔는지 잘 모른다. 그런 관계에서 며느리로서 해야 할 도리를 충실히 이행해야 하고 아무리 잘해봐야 본전치기밖에 안 되는 입장이라는 게 큰 부담이다.

게다가 나라는 사람은 태생이 내 권리와 영역을 지키는 것에 민감하다. 시부모님에게 결혼 과정에서 아무런 지원과 도움을 요청하지 않은 대신 내 영역에 철저히 선을 그었다. 남편이 우리 부모님에게 '백년손님'이듯이 나 역시 남편의 집안에서는 손님 입장이라며 항상 주지시켰다. 안부 전화는 각자의 부모님께 하기로 하고, 설거지나 음식 준비는 남편 집에서는 남편이, 우리 집에서는 내가 하겠다는 규칙을 만들었다.

남편과 이 과정에서 큰 갈등은 아직 없긴 하지만 언제나 나는 신경을 곤두세운다. 나에게 혹시 살가움과 애교 같은 감정노동을 요구하시면 어쩌지? 별 용건도, 할 말도 없는데 전화를 안 한다고 서운해하시면 어떻게 설명해드리지? 남편이 설거지나 음식 만드는 걸 못마땅해하시는 거 아닐까?

다른 시부모님들의 수많은 사례를 듣고 늘 머릿속으로 상황극을 하며 최선의 대처법을 생각했다. 그래서 시부모님을 뵐 때는 항상 긴장 상태를 유지했다. 언제 어떻게 내 영역에 훅 하고 들어오실지 모른다. 이때 나는 불필요한 감정을 섞지 말고 최대한 정중하게 '이 선만큼은 지켜주세요'라는 부탁을 드려야 하니까.

결혼하고 두 번째 맞는 설 명절, 시부모님 댁을 가는 중에 전화를 드렸다. 점심 식사를 한 시에 하기로 했는데 정오까지도 시어머니는 장을 보지 않으셨다고 했다. 그러면서 하시는 말씀이 우리가 오는 동안 장을 볼 테니 함께 잡채를 만들자는 것이었다. 시부모님은 집 밥보다는 항상 외식을 선호했고, 명절에도 차례가 없으니 손이 덜 가는 음식으로 간단히 차려 먹었다. 때문에 내가 그동안 했던 일이라고는 동태전을 부칠 때 옆에서 거드는 정도였다.

그런데 그날은 웬일로 장도 안 보시고 손도 많이 가는 잡채를 하신다니! 그것도 나하고 단둘이서! 드디어 올 것이 왔다는 생각이 들었다. 잡채는 나에게는 그다지 선호하는 음식이 아니지만 남편에게는 가장 좋아하는 음식 중 하나다. 역시 아들을 위한다는 걸까? 만일 내가 사위라면 이렇게 하셨을까? 그 많은 음식 중 하필 잡채를 좋아하는 남편을 슬그머니 째려봤다.

빠르게 머리를 굴려 고안해낸 게 반찬 가게에서 잡채를 사 가는 것이었다. 시부모님 댁 근처에는 다행히 큰 반찬 가게가 있었다. 마침 방금 나온 따끈따끈한 잡채를 포장할 수 있었다. 잡채를 사 간다는 걸 아신 시어머니는 다소 맥 빠지신 듯했지만 이내 늦은 점심상을 차리느라 서로 분주해졌다. 점심상을 차리는 동안 사 온 잡채는 식었고 면이 불어있었다. 그래도 맛있지 않느냐며 남편의 옆구리를 쿡 찔렀다. 앞으로도 잡채같이 손이 많이 가는 음식은 사 먹는 편이 낫지 않느냐며 남편의 호응을 유도하기도 했다. 잡채라면 뭐든 좋은지 아니면 나의 눈치를 읽은 것인지 남편은 혼자 잡채 한 그릇을 다 비웠다.

점심상을 치우고 간단하게 시어머니와 나 그리고 남편이 마주보고 앉아 커피를 마셨다. 서로의 근황을 간단하게 나누고 지인들의 사는 이야기를 좀 하다가 시어머니가 얼마 전에 만난 친구분 이야기를 꺼내셨다. 친구분이 시댁에 명절마다 방문하면 그분의 시어머님이 늘 같이 김을 바르자, 식혜를 만들자고 하는 통에 명절이 참 귀찮고 싫었단다. 어느덧 시간이 흘러 친구분이 며느리를 맞고 보니 비로소 그 마음을 좀 알 것 같다는 말씀을 하셨다고 한다. 다른 집 딸내미와 친근하게 지내고 싶기는 한데 도통 무엇으로 다가갈지 방법을 모르셨던 건 아니었을지. 그래서 만날 수 있는 명절에 함께 시간을 들여 만들 수 있는 음식을 제안하셨던 것은 아니었을까 하는 생각이 문득 들더라는 것이다.

이야기를 듣고 오신 시어머니 역시 경계를 확실히 긋고 사는 나에게 조심스럽게 다가갈 첫 번째 방법으로 함께 잡채 만들기를 제안하셨다는 것이다. 좀처럼 사적인 시간을 잘 내어주지 않는 새침한 며느리와 과연 무엇으로 관계를 형성해 나갈지 나름 큰 고민거리였던 것 같다. 좋든 싫든 '시어머니'와 '며느리'라는 위계가 있다 보니 어떤 말이든 며느리로서는 달갑지 않게 느껴질 수 있다는 걸 며느리 입장이기도 한 시어머니도 잘 아신단다. 그렇지만 본인이 하는 모든 말은 늘 선의에서 출발하는 것임을 꼭 알아줬으면 한다는 바람을 내게 전하셨다.

다음 명절에는 같이 할 수 있는 한 가지 음식을 만들며 한 개씩 추억을 공유해보자는 말씀에 고개를 끄덕이지 않을 수 없었다. 그건 단순히 거절하기 어려운 시어머니의 말씀이 아니었다. 나와 친밀한 관계를 구축해나가고 싶은 한 여성의 진심 어린 제안이었다. 만일 시어머니가 자신의 권위를 먼저 내세웠더라면 나는 더 차갑게 얼어붙었을 것이다. 하지만 시어머니는 사람 대 사람으로서 좋은 관계를 맺어보자고 한 걸음 다가오신 것이다.

나는 결혼한 여자는 예비 엄마로서 간주되거나 모든 행실이 며느리라는 기준으로 평가받는다고 투덜거렸다. 그러나 정작 나에게 시어머니는 내 남편의 엄마일 뿐이었다. 그녀를 바라보는 내 시선은 관습적인 시어머니라는 틀 안에서 조금도 벗어나지 못했다. 그럼에도 불구하고 먼저 진솔한 말로 잘 지내보자고 표현해주신 시어머니의 호의가 감사했다.

다가올 추석엔 시어머니와 갓 만든 따뜻한 잡채를 점심상에 올릴 것이다. 그러다 조금씩 부엌을 벗어나 서점에서 둘이 좋아하는 책을 읽으며 시간을 보낼 수도 있을 것이다. 어차피 긴 호흡으로 유지해나가야 하는 관계이다. 서두르지 않고 조금씩 천천히 관계를 진전하다 보면 진정한 가족이 될 수 있지 않을까. 조심스레 기대해본다.

우리 아이 없이 살아볼까?

우연히 오래된 휴대폰 사진첩에서 연애한 지 1년 즈음 되었을 때 남편이 보낸 카톡을 캡처한 이미지를 보았다.

"십 년 뒤 7월 24일 4,000일이래. 그땐 우리 두 명에 한 명이 더 있을지 둘, 셋, 넷이 더 있을지 모르지만 이때도 지금처럼 당신만 아끼고 사랑할게."

카톡 내용대로 우리도 사실 여느 커플들과 다르지 않았다. 밀담을 주고받으며 조금씩 결혼 이야기를 나누었고, 신혼을 충분히 즐긴 뒤 아이를 갖자고 말을 했다. 요샛말로 하면 '비혼주의자'였던 그 당시의 나도 결혼을 하면 출산과 육아를 하는 순서가 자연스럽다고 생각했었다. 임신과 출산에 있어서 '꼭 해야 해?'라는 토를 달아본 적이 한 번도 없었다.

우리 둘 다 부모님의 지분이 없는 우리만의 가정을 꿈꾸었기에 부모님께 한 푼도 빌리거나 받지 않고 소박한 결혼식을 치렀다. 걸어서 회사까지 15분 정도 걸리는 곳에 작은 빌라를 얻고 매일 아침 서로의 얼굴을 보고 저녁엔 함께 밥을 먹을 수 있다는 것만으로도 그저 신기하고 행복한 신혼 생활이었다. 양가 부모님도 우리의 독립된 생활을 적극적으로 지지해주었다. 안부를 들려주지 않아 서운하다, 주말에 언제 오니 등의 말로 우리에게 심적인 부담을 가하지도 않았다. '나보다 어린 자식'들이 아닌 온전한 '성인'으로 대해주시려는 노력을 온전히 느꼈다.

하지만 가장 친한 나의 친구는 우리 부부의 독립이 머지않아 작은 일탈 정도로 끝날 것임을 확신했다. 친구는 워킹맘이다. 친구가 일하는 동안 육아의 공백은 그녀의 엄마가 전적으로 메우고 있었다. 아이를 어린이집에 데려다주고 집으로 데려오고, 친구를 기다리며 아이를 놀고 먹이는 일은 친구의 엄마가 고스란히 떠안고 있었다.

"결국, 우리는 엄마한테 도움 좀 달라고 빌며 부탁해야 하는 삼십 년 넘게 산 어린애들일 뿐이야."

자조 섞인 말로 한숨을 내뱉는 고단한 친구의 모습을 보고 난 뒤, 아이를 키우는 집들을 찬찬히 둘러보았다. 누구보다 일에 열정적이었지만 아이를 낳자마자 꿈을 접고 전업주부가 된 친구, 워킹맘인 친구가 일하는 동안 환갑이 넘은 몸으로 딸의 자식을 대신 돌봐주는 친구 엄마, 친정 엄마의 조력을 받을 수 없어 갓 백일 지난 아이를 어린이집에 맡기며 미안함을 느낄 새도 없이 아이 잔병치레와 살림, 업무라는 삼중고에 시달리는 친구…. 아이를 키우는 친구들의 생생한 목소리를 들으며 지금 내가 처한 상황에 육아라는 변수를 구체적으로 대입하기 시작했다.

엄마는 내가 결혼에 아무런 뜻이 없었던 대학생 때부터 "난 네 자식 절대 안 볼 거야. 그러니까 나중에 엄마한테 애 맡기지 마. 나는 싫어"라고 말했었다. 당시엔 엄마가 왜 그런 이야기를 하는지 도대체 맥락을 알 수가 없었는데 그제야 고개가 끄덕여졌다. 다만 내가 잘 아는 것이 하나 있었다. 우리 엄마는 말은 그렇게 해도 결국 내가 부탁하면 아이를 봐줄 사람이라는 것. 엄마는 평생 딸을 위해서라면 뭐든 하는 사람이니 절절매는 딸을 절대 외면할 사람이 아니라는 것. 내 아이를 볼 엄마를 상상하니 마음이 바닥 끝까지 내려앉았다. 엄마가 이전부터 강하게 거부해온 일을 맡기고 싶지도 않거니와 또다시 엄마의 희생을 발판 삼아 내 인생을 살 수는 없었다. 그래서 친정 엄마의 육아라는 선택지는 일찍이 제외했다.

그렇다면 내가 전업맘이 되어 온전히 육아를 하거나 아이를 어린이집에 보내거나 베이비시터를 써야 하는 선택지가 남았다. 내가 전업맘으로 전향한다면 우리 가정 수입의 반 이상이 사라져 가계 수입원이 급속히 쪼그라들 것이다. 내가 일하면서 대학원까지 병행하며 착실히 쌓아온 커리어 역시 여기서 중단할 수는 없었다. 그래서 전업맘이 되는 선택지도 제외.

남는 건 어린이집과 베이비시터 고용인데, 어린이집은 아이를 등하원 시킬 사람이 없는 문제도 있지만, 당시 여기저기서 터지는 교사의 폭행 문제나 부주의로 인한 사고를 보니 과연 괜찮은 걸까 싶었다. 베이비시터를 고용하면 내 월급은 고스란히 베이비시터의 몫으로 들어갈 테니 남편의 월급으로만 살아야 하는 문제가 발생한다. 그즈음 우리는 '빌거'라는 단어를 우연히 접했다. '빌라 거지'라는 말의 준말인데 초등학생들이 빌라에 사는 아이들을 부르는 말이라고 했다. 빌라에 사는 우리로서는 숨이 턱 막혔다. 당시 빌라 집은 우리 손으로 알차게 꾸민 너무나 소중한 신혼집이었지만, 그 단어를 들으니 하루빨리 벗어나야 하는 곳처럼 느껴졌다. 그러나 남편의 월급으로만 산다면, 언제쯤 빌라를 벗어날 수 있을지 계산기를 아무리 두드려도 답이 나오질 않았다.

'과연 우리가 지키려는 부모로부터의 자립과 독립, 나의 커리어와 수입, 그리고 지금 누리는 자유와 아이 한 명을 맞바꿀 수 있을까?'라는 의문이 마음속에서 스멀스멀 올라왔다. 특히나 주 양육자가 될 내가 모든 걸 기꺼이 감당할 수 있는 일인지 끊임없이 자문했다.

남편과 이 문제를 두고 대화하는 날이 늘어가던, 결혼 일 년 차도 안됐을 무렵 의외의 복병이 터졌다. 남편과 받은 건강검진에서 남편의 목에 이상 소견이 있다는 것이었다. 설마 하며 정밀 검진을 받은 결과 불길한 예상은 빗나가지 않았다.

남편은 암 진단을 받았다. 착하고 순한 암으로 알려져 있고 비교적 간단한 수술로 제거할 수 있는 병이었으나 당사자인 우리는 그다지 초연할 수 없었다. 사람들의 "그거 별거 아니야"라는 말과 병원에서 말하는 전신마취의 위험성, 아직 몇 기 암인지도 모른다는 말의 간극을 느끼며 혼란스러웠다.

다행히 수술은 잘 끝났고 길지 않은 회복 기간을 거쳤다. 나중에 남편에게 "나 그때 자기가 수술하는 동안 자기가 누워있던 병상 침대에서 나도 모르게 무서워서 울었잖아"라고 말했는데, 남편은 그 말에 심장이 쿵 내려앉았다고 했다. 만일 남편이 잘못되어

나나 아이를 두고 떠나야 하는 상황이 된다면, 책임감이 강한 그는 성격상 하늘에서도 편하게 눈을 감을 수 없을 거라는 생각이 들었다고 했다. 이런 상황에 대해 구체적으로 상상을 해보니 생명을 남기는 일은 무척이나 무거운 일이니, 신중해야 하는 구나라는 판단이 들었단다.

이 계기로 우리는 신혼 일 년 차에 아이 없는 삶에 대해 구체적으로 이야기하기 시작했다. 결국 아이를 돌보는 문제, 나의 향후 커리어의 문제, 아이를 양육하기에는 너무 높아져만 가는 경제적 수준, 한쪽이 부득이하게 떠났을 때 다른 한쪽이 짊어지게 될 책임 등을 저울질해보기 시작했다.

고민 끝에 우리 한번 아이 없이 살아보자는 말로 귀결이 되었다. 정말 많은 대화와 고민이 있었던 결과이다. 하지만 세상은 자발적으로 아이를 낳지 않는 우리에게 수많은 말들을 가볍게 내뱉기 시작했다.

두 번째 장°

결혼했는데

아이를

낳지 않겠다고?

아이 낳지
않을 거면
왜 결혼했니?

지금 둘이서
누리는 행복을 위해
결혼했어요

“아이를 낳지 않을 거면 도대체 왜 결혼한 거야?”

우리 부부가 아이를 원하지 않는다는 뜻을 밝혔을 때 가장 많이 받는 질문이다. 처음에는 다소 상대방의 감정을 상하게 할 수도 있는 말을 어쩜 저리도 해맑게 할 수 있을까 놀라웠다. 하지만 나보다 더 놀란 듯 토끼 눈을 뜬 표정엔 비아냥거림이나 악의가 있어 보이진 않았다. 대부분은 ‘아이를 낳지 않기로 한 남녀의 결혼’을 순수하게 궁금해했다. 그 모습에서 성인 남녀 두 명이 아들과 딸을 품에 안고 웃고 있는 그림 혹은 교과서 표지가 떠올랐다. 초등학생 때부터 교과서에서 보던 그 이미지들의 각인 효과를 이렇게 절감하게 되다니.

EBS 다큐 프라임 〈부부는 무엇으로 사는가〉 편에서 한국의 가정을 이렇게 정의 내렸다. 아빠는 아이들의 사교육을 위해 돈을 벌고, 엄마는 모든 정보를 총동원하여 아이들을 지원하는 ‘자녀 교육을 위한 경제 단위’라고 말이다. 사회적 통념이 이러하니 오직 부부 둘의 만족을 위해 돈을 벌고 쓰는 삶의 형태가 낯설게 다가

오는 것도 이해가 갔다.

아이를 낳지 않기로 한 우리 부부의 결혼 이유를 찾기에 앞서 어째서 각자 결혼을 결심하게 되었는지 생각해보았다. 어떤 부부든 으레 그렇겠지만 우리 부부도 "자기, 왜 나랑 결혼했어?"라는, 답을 들어도 며칠 후에 또 물어보고 싶어지는 그 질문을 몇 번씩이나 하며 놀았다. 남편이 물어볼 때마다 나는 매번 다른 대답을 했는데 그래도 남편은 나의 첫 번째 대답을 잊지 못한단다.

"당신, 다른 여자랑 연애 못 하게 하려고."

평소 성취욕과 경쟁심 많은 내 성격을 단번에 드러낸 말이라나 뭐라나. 그다지 낭만적인 대답도 아니고 결혼한다고 반드시 다른 이성과 연애를 못하는 것도 아니지만(?) 내가 결혼을 결심한 이유를 함축적으로 담고 있는 말인 것은 분명하다.

연애 시절 일주일 중 딱 하루 만났던 우리는 만남 뒤 헤어져 각자의 집으로 돌아가 또다시 통화나 문자메시지로만 서로를 확인하는 것이 늘 아쉬웠다. 온종일 모든 일정을 함께하지는 못하지만 매일 얼굴을 보면서 대화하고 싶었고, 차가운 휴대폰이 아닌 상대방의 온기로 서로를 확인하고 싶었다. 맵고 짠 자극적인 바깥

음식이 아닌 어설프지만 손수 만든 음식을 함께 나눠 먹고 싶었고, 직접 깨끗이 세탁한 포근한 이불에서 둘이 잠을 자고 싶었다. 이런 미래를 상상할 때, 다른 남자와는 하고 싶지 않은 일들이었고 그의 옆에 있는 여자도 꼭 나여야만 했다. 이런 욕망을 실현하고 상대방에게 배타적 권리를 행사하기 위한 방법은 아무리 머리를 굴려도 '결혼'이 유일했다. 그렇게 남편과 나는 부부로 살게 되었다.

결혼을 하고 나서는 서로 출근 시간이 달라 아침마다 잠이 덜 깬 나는 바삐 나가는 남편과 눈도 제대로 못 마주친 채 입만 쪽 맞추고 하루를 시작한다. 저녁 퇴근길은 같이 손을 잡고 들어와 저녁 식사를 차려 먹으며 서로의 하루를 공유한다. 정리를 마치고 느긋하게 소파에 엉켜 누워 책을 읽거나 좋아하는 게임을 한다. 각자의 시간을 보내다가 서로 하는 일이 궁금해져 빤히 쳐다보거나 왜 나를 보지 않느냐며 떼를 쓰기도 하다가 어느새 잠이 든다. 가끔은 그의 부모님과 만나 내가 몰랐던 그의 어린 시절 이야기를 들으며 함께 웃는 것도 재미있고, 나의 부모님과 만나 내가 가장 사랑하는 사람들끼리 친밀한 관계를 맺는 과정도 참 즐겁다.

우리는 아이 없는 부부이다. 그렇지만 일상의 즐거움과 행복까지 없는 부부는 아니다. 흔히들 아이의 탄생과 함께 부부도 '진짜 결혼 생활'을 겪는다고 한다. 아이가 태어나기 이전의 삶은 진짜가 아닌 것처럼 말한다. 아이를 키우는 일은 차원이 다른 기쁨과 행복을 가져다주는 것이라면서. 그렇다면 아이 없는 내가 지금 느끼는 즐거움과 행복, 그리고 일상은 모두 차원이 낮은 감정이고 가짜 삶이라는 건가. 아이도 없거니와 아직 살날이 훨씬 더 많이 남은 나로서는 종국에 무엇이 진짜 삶이고 무엇이 가짜 삶인지 알 수는 없다. 그저 남편과 함께하는 현재 내 삶을 사랑하여 한껏 껴안아 지키고 싶을 뿐. 내가 느끼는 감정과 내가 사는 지금이 내게는 '진짜'다. 그게 남들에게 무엇이라 불려도 상관없다.

아이를 낳지 않을 건데 왜 결혼했냐는 물음에 이제는 이렇게 답한다.

"저는 그냥 오늘 같은 일상을 살고 싶었거든요."

좋은 소식은

언제

들려줄 거야?

임신 말고도

'좋은 소식'은

많아요

1월 1일 새해는 나이를 한 살 더 먹는 날이다. 1이 두 번이나 반복되듯 한 살이라는 숫자의 무게에 눌려 한숨 쉬는 날이지만 올해는 어떤 괜찮은 일이 내게도 생기지 않을까 기대하는 날이기도 하다. 이런 기대에 힘껏 부응하기 위해 새해 벽두부터 메시지와 각종 SNS로 오랜만에 연락을 나눈다. 바로 친구들에게 덕담해주는 일이다.

삼십 대 중반의 나이로 접어드니 친구들은 각기 다양한 가치관을 가지고 다른 삶을 살고 있다. 결혼을 아직 안 한 친구나 결혼을 하지 않기로 한 친구도 있지만 올해 아이의 초등학교 입학을 앞둔 친구도 있다. 사회적으로 능력을 인정받는 멋진 커리어 우먼으로 사는 친구가 있지만 직장을 그만두고 쉬는 친구도 있다. 일일이 열거할 수 없을 정도로 하는 일도, 사는 곳도, 벌이도, 관심사도 너무나 다양하다. 이제 나와 접점이라고는 지나간 옛 기억이 전부인 친구들이 점차 늘어간다. 그러니 오랜만에 연락한 친구에게 '건강'이 아니면 올해는 어떤 일이 잘되기를 빌어주어야 할까 좀 더 신중히 고르게 되었다.

이런 상황에서 내가 가장 경계하는 태도는 타인의 처지를 모자라다 여기거나 당신 삶의 방향이 옳지 않다고 간주하는 것이다. 그런 의미에서 비혼, 미혼, 출산하지 않은 이에게 "좋은 소식을 기대한다"는 말은 이제 좀 마음 저 깊은 곳에 꾹 눌러 담아야 하지 않을까. 구체적으로 설명하지 않아도 그들이 말하는 '좋은 소식'과 뭇사람들이 그들에게 갖는 기대란 모두 '그것'임을 모르는 사람은 아무도 없을 것이다. 즉, 새해 덕담이랍시고 "좋은 소식을 기대할게"라는 말은 결국 그들에게는 또 한 번의 무거운 압박이 되는 것은 물론 본인 삶의 태도를 기만하는 말로 들리기도 한다.

임신을 애타게 기다려온 부부에게는 임신이 그야말로 축복이겠지만 임신을 기다리지 않는 부부에게 임신이란, 당장 '좋은 소식'은 아니다. 그렇지만 세간 사람들이 우리 부부에게 빌어주는 '좋은 소식'이란 임신이다. 임신뿐이다. '임신을 원치 않는다'라는 뜻을 조심스럽게 내비쳤음에도 불구하고 참 끈질기게도 그 '좋은 소식'을 빌어준다. 오랜만에 연락이 닿았다는 기쁨을 한번에 씻어버린다.

'점점 처지가 비슷한 사람들끼리 어울린다'는 말에 어느 정도 공감이 간다. 우리의 의견을 무시하고 자꾸만 '좋은 소식'을 매해 인사로 빌어주는 지인과 관계를 이어나가기란 꽤 껄끄러운 일이니까. 한편으로 그 말을 다시금 곱씹어보면 꽤 서글프기도 하다. 지금 비슷한 처지나 상황에 놓인 이들과도 앞으로는 점점 다른 선택을 하며 살게 될 것이다. 그럴 때마다 주변 사람들과 하나둘 멀어져 간다는 것은 결국 내 옆엔 그 누구도 남지 않는다는 걸 의미한다.

이런 아픈 일을 겪지 않으려면 서로의 삶에 대한 존중과 배려가 부단히 따라야 한다. 나이 들수록 자연스럽게 흘러가는 사람들과의 관계를 기대하기 어려워졌다. 다른 사람, 특히 소중한 사람들의 행복과 가치를 무례하게 말 몇 마디로 짓밟지않기 위해 나부터라도 지인들에게 해마다 새해 인사를 조심스럽게 건넨다.

네 일은
아이 낳고도
할 수 있는 일이니?

나는 그저
내가 좋아하는 일을
선택했을 뿐이에요

지금의 남편이 남자친구였던 시절, 결혼을 향해서 한 발짝 내딛던 중 그의 어머니를 만날 기회가 있었다. 내가 현재 하는 일과 몸담고 있는 직장을 궁금해 하셔서 설명을 드리니 곧바로 따라오는 질문이 하나 있었다.

"그 일은 아이를 낳고도 계속할 수 있니?"

찰나였지만 어떻게 답변을 드려야 할지 대단히 고민스러웠다. 내가 직업이나 직장을 선택할 때 단 한 번도 고려하지 않은 기준이기 때문이다. 명색이 다른 회사의 노무 관리를 자문해주는 일을 하는 회사인지라 우리 회사가 법적으로 주어진 출산휴가나 육아휴직 사용을 거부할 리는 없다. 그렇지만 그 이유가 내가 현재 직장에 몸담고 있는 이유가 되지는 못한다. 나의 적성에 맞는 일을 할 수 있는 곳이라는 것과 회사가 성장하면서 나도 함께 성장한다는 느낌을 가질 수 있기 때문에 이 직장에 계속 다니는 중이다. 하지만 이런 나의 주관을 설명할 기회는 없었다. 결혼 후에도 말이다.

비단 나만의 개인적인 경험은 아니다. 이미 결혼한 친구들과도 이야기를 나눠보면(심지어 아직 결혼하지 않은 친구조차도!) 시댁에서 며느리의 직장에 대해 궁금한 점은 아이를 낳고 계속 다닐 수 있는 곳인지, 출산휴가나 육아휴직을 얼마나 길게 쓸 수 있는지, 육아와 병행하기에 업무 강도가 너무 높은 곳은 아닌지가 거의 전부였다. 속된 말로 내가 반찬값이나 분윳값을 보태려고 일을 하는 것은 아닌데 왜 '내 일'에 대해 궁금하신 게 저런 것들뿐인 건지. 서로 서운하다 한탄하며 넘어갔으나 나는 더 나아가 왜 며느리는 본인 의사와 상관도 없이 '예비 엄마'라는 지위를 그 무엇보다도 먼저 획득하는 건지 알 수가 없었다.

이런 느낌은 결혼 후에 조금 더 구체적인 느낌으로 다가왔다. 우리 부부와 비슷한 시기에 결혼한 남편의 사촌 형 부부가 있다. 사촌 형 부부는 당연히 우리보다 더 먼저 임신 소식을 알려왔다. 남편의 모든 시가족이 모인 시할아버지 생신 잔치에서 주목은 단연 사촌 형 부부가 받았다. 아주 커다란 꽃다발과 적지 않은 액수의 용돈을 받는 사촌 형의 아내를 보면서 문득 나는 이런 생각이 들었다.

'아이를 낳지 않기로 한 나는 저런 꽃다발 받을 일이 없겠구나.'

시어른들이 참여하는 가족 행사에 가면 나에게 으레 던지는 말씀들은 한결같다.

"결혼한 지 꽤 됐는데 이제 임신해야지?"
"좋은 소식 언제 들려줄 거야?"
"내년에는 아가랑 같이 오는 거지?"

'아직 우리는 계획이 없다'라는 의사를 표하면 더 이상 내게 물으시는 말씀은 없다. 내게 궁금한 것은 오직 임신 여부와 임신 계획뿐이구나 싶다. 나의 근황은 어떠한지, 내가 무슨 일을 하고 어떤 일을 계획하며 사는지, 어떤 취미 활동을 좋아하고 얼마 전에 갔다 온 휴가는 어땠는지는 물어보시지 않는다. 사실 그분들이 'A(남편)의 와이프'라는 것 이외에 내 이름은 알고 계시는지도 의문이다. 그런데도 부부 관계에서 가장 내밀한 부분을 거침없이 물으시는 것이 아직 적응이 힘들다. 나는 내 팔다리를 가지고 어디든 가는 사람이고, 뇌로 공부하며 깊은 사고도 하는 사람이고, 눈 코 입 귀로 보고 듣고 먹고 마시는 사람이다. 한데 그분들 앞에 가면 나는 오직 '자궁'만 가진 여성일 뿐이다.

나는 전문 분야에서 일하는 직장인이다. 여행지로 어디든 가보는 것을 선호하고 영화나 책에도 관심이 많아서 이와 관련된 대화를 하는 것을 참으로 좋아한다. 이런 대화를 하면서 낯선 이들과 조금씩 거리를 좁혀나간다. 하지만 그분들은 내게 이런 부분을 묻지 않으신다. 애초에 주요 관심사에서는 배제되어 있는 것 같다. 그러니 나는 엄마가 되지 않는 한 그분들 사이에서 여전히 겉도는 A의 와이프가 되지 않을까. "아이를 낳아야 서로 친해진다"라는 말은 즉 내가 남편의 아이를 키우는 엄마 역할을 해야만 이 가족에 완전히 편입될 수 있다는 건 아닐까.

한 여성으로서 매력 있는 나의 부분을 그분들께 드러내며 다가가고 싶어도 궁금해 하지도 않고, 묻지도 않는 말을 하면서 먼저 다가가기란 사실 여간 힘든 일이 아니다. 그런데도 나는 한 번도 엄마가 되고 싶었던 적이 없다. '엄마가 되어야 하나'라고 생각한 적은 있을지 몰라도. 결혼하고 나서는 이 단호한 의견을 말하는 것이 점점 어려워졌다. "엄마가 되고 싶지 않다"는 말 뒤에 받게 되는 걱정 어린 눈빛이나 내 옆에 있는 남편을 보는 처연한 눈빛, 그리고 매정한 여자를 보는 듯 경악스러운 눈빛을 감당해야 하는 일들이 종종 있었기 때문이다. 결혼한 나는 엄마가 되고 싶지 않다. 내가 되고 싶은 것은 엄마가 아니다.

시부모님

허락은

받은 거야?

내 몸에 대한

결정권은

나에게 있어요

"아이 낳을 계획이 없다고 말하면 주변에서는 반응이 어때?"

남편에게 물어보았다. 주로 반응은 두 부류로 나뉜다고 한다. 다른 주제로 재빨리 화제를 돌리거나(이런 반응이라면 십중팔구 안 낳는 게 아니라 못 낳는 거라 여겨서 그런 것 아닐까 하는 게 그의 추측) 남편의 부모님은 이 상황을 허락하시냐는 말.

그렇다면 내가 비출산 의사를 밝힌다면 어떨까? 나에게는 결재권자가 한 사람 더 는다. 바로 남편. 시부모님은 허락하시냐는 말은 물론이고, 가끔 남편의 '허락 여부'를 묻는 이들이 적지 않다. '동의'도 아닌 '허락'이라는 말을 들었을 때는 수치스러움에 나도 모르게 얼굴이 새빨개졌다.

물론 부부 두 사람에게 출산 여부에 대한 의견 합치는 매우 중요한 문제이다. 사실 결혼 생활에 가장 중요한 의사 결정이라고 말해도 아무도 이의를 제기하지 못할 것이다. 우리 부부는 서로 긴 시간, 상의 끝에 비출산을 합의했다. 서로의 의견을 경청하고 동의한 것이다.

혹자들은 “남편이 허락하다니 대단하구나”라는 말을 하거나 은연중 그런 속마음을 드러낸다. 하지만 나는 그럴 때마다 단호하게 말한다. 내가 내 몸으로 임신하지 않고 출산하지 않는 것을 선택했다고. 나의 결심을 남편은 존중해준 것이지 그가 허락해주어서 비로소 얻게 된 허가 같은 게 아닌 거라고.

가까운 친구들이 아기를 낳고 키울 때까지 나는 그것에 대해 아무것도 알지 못했다. 입덧이 얼마나 사람을 피폐하게 만들 수 있는지, 출산이 어느 정도 괴롭고 그 후에도 얼마나 번거로운 일들이 기다리고 있는지, 출산 직후 몸이 회복되기도 전에 가슴에 고이는 젖으로 인해 앓는 열병이 얼마나 고통스러운지 등등. 친구들 한 명 한 명 이야기를 들을 때마다 그 아픔을 상상하는 일은 좀처럼 익숙해지지 않았다. 다른 몸과 다른 체력을 가진 사람들이기에 임신이나 출산에서 겪는 고역도 그만큼 다양했기 때문이다.

만일 내가 임신을 한다면? 나는 어릴 때 이미 개복 수술을 했는데 괜찮을까? 내 신장은 한 개만 기능을 하는데 만일 임신으로 이것마저 망가지면 어쩌지? 나는 그럼 출산 후 평생 투석을 받아야 할까? 그 몸으로 아이를 제대로 양육할 수는 있을까? 그렇다면 내 일은?

임신으로 인해 내 몸이 겪게 될 아주 작은 것도 따져보지 않을 수 없었다. 임신과 출산은 다름 아닌 내 몸이 처음부터 끝까지 모두 감당해야 하는 일이었기 때문이다. 내가 짊어져야 하는 임신과 출산의 무게는 이만큼 나를 짓누르고 있음에도 사람들의 비판은 쉽고 가벼웠다.

내가 나의 회음부나 배를 찢어서 아이를 낳지 않는다고 이기적이라고 비난하거나 부모님에게 효의 의무를 제대로 이행하지 않는다고 훈계한다. 심지어 그렇게 나를 낳은 내 어머니도 "너는 네 남편 집안의 대를 끊어놓으려고 하니?"라고 말했다. 당시에는 엄마의 말이 매우 서운했으나 돌이켜보니 그 생각의 근원을 알 것도 같았다. 내가 여자 중학교를 다닐 때 성교육 시간에 배운 것들을 상기해보면 말이다. 성교육 시간에 내 몸에 대한 결정권에 대해 배운 적이 있다. 나이가 지긋하신 선생님은 짐짓 근엄하게 말했다.

"결혼하기 전 여러분의 몸은 부모님의 것입니다. 결혼 후 여러분의 몸은 배우자의 것이고요. 그러니 여러분이 자신의 몸을 쓸 때는 부모님이나 배우자의 허락 없이 마음대로 자유로이 쓰면 안 됩니다."

선생님은 성관계에 초점을 두고 한 말이지만 임신과 출산을 할 수 있는 여성의 몸을 보는 사람들의 인식 저변에 깔린 생각은 아닐까. 우리는 여태까지 이렇게 배웠다. 그래서 가임기 여성 지도를 만들기도 하고, 아이를 낳지 않는 여자에게는 이기적이고 매정하다는 비난을 서슴없이 하고, 딸 가진 엄마조차도 임신하지 않는 딸을 시댁에서 쓸모없는 존재로 여기면 어떡하나 전전긍긍하는 거겠지.

2019년 4월 둘째 주 어느 날, 이제 막 개화한 벚꽃만큼이나 반가운 소식이 하나 날아들었다. 바로 헌법재판소에서 낙태죄에 대해 헌법 불합치 결정을 내린 것이다. 생중계를 듣기 위해 한쪽 귀에 이어폰을 꽂으며 일하던 나는 속으로 크게 환희의 고함을 내질렀다. 이 나라의 여성으로서 내 몸에 대한 결정권을 오롯이 인정받았기 때문이다. 원치 않는 임신도 중단할 권리를 제도적으로 인정하는 판국에 임신을 처음부터 선택하지 않을 권리도 오로지 나에게 있다고, 이제 더 당당하게 말할 것이다.

내 몸은 국가의 것도, 부모님의 것도, 남편의 것도, 시댁의 것도 아니다.

오직 나의 자유, 나만의 것이다.

아이를 낳아야
책임감 있게
산다

내 인생에 단 하루도
책임감을 놓고
산 적이 없어요

내가 구독하는 유튜버 중 인기 강사가 한 명 있다. 여성들의 자기 계발을 독려하고 꿈을 끊임없이 좇아가라는 취지의 강의를 하는 50대 여성 강사인데, 말을 재밌게 하고 개중에는 들을 만한 조언이 있어 구독하는 중이었다. 그러다가 지난 주말, 그 강사가 아이를 가질까 말까 고민하는 젊은 여성들이 매우 많다고, 그 질문에 대해 의견을 말하는 영상을 보았다. 평소에도 단호한 어조를 쓰는 강사답게 강하게 힘주어 말했다. "아이는 낳아야 해요!"

그 강사가 이유로 든 몇 가지를 나열하자면

1. 아이가 있어야 필사적으로 산다. 나도 세 자식 때문에 그 책임감으로 열심히 살다 보니 인기 강사가 되었다.
2. 엄마가 나에게 삶의 기회를 주었듯이 한 생명에게 기회를 주고 싶다. 나만 이 기회를 누리는 건 이기적이라 생각한다.
3. 사람이 외로우면 이상한 짓을 많이 한다. '고독 비용(적합하지 않은 남자와의 데이트나 여행 비용 등)'과 같은 소모적인 비용을 지출한다.
4. 사람 인생에서 앞뒤 15년은 다른 사람이 도와주지 않으면 살

수 없는 기간이다. 자식들이 신생아 시절 내가 그들의 기저귀를 갈아주었듯이 내가 늙어 거동이 힘들 때 자식들이 나의 뒤처리를 해줄 것이다. 이건 사회 시스템이 하는 일이 아니다. 온전히 자식들이 할 수 있는 일이다.

사실 놀랐다. 내가 아는 그 강사는 여자의 나이나 일에 대해서 신선한 관점을 제시하는데 이 문제에 대해선 구태의연한 답을 해주어서 말이다. 현재 손주 소식을 애타게 기다리거나 결혼이 늦어지는 자식들 때문에 애끓는 베이비붐 세대들의 출산, 육아에 대한 관점을 이해 못 하는 건 아니다. 전쟁의 상흔이 남아있는 시절에 태어나 사회 제도의 혜택도 거의 기대할 수 없었던 그 세대가 가족끼리 똘똘 뭉쳐 어려움을 극복해나간 걸 잘 알기 때문이다.

충남의 작은 시골 마을에서 자란 큰아빠는 장남으로서 오직 부모님과 여섯 형제들을 부양해야 한다는 책임감을 가지고 상경했다. 많은 고초를 겪었으나 빠른 시간 내에 자리를 잡고 계속 돈을 벌면서 서울에서 공부하던 아빠와 작은삼촌의 학비와 생활비를 대주었다. 형제 중 유일한 딸이었던 고모는 대학 진학은 포기하고 오빠들과 함께 살면서 집안 살림을 했다.

어릴 때부터 가족 구성원의 역할을 성실하게 수행한 결과, 여섯 형제 모두 시골을 벗어나 도시에서 안정적으로 터를 잡았다. 90세의 할아버지는 의료비나 용돈 걱정 없이 평온한 노후를 맞이하고 계신다. 40대의 막냇삼촌이 결혼도 하지 않은 채 할아버지를 가까운 거리에서 정성껏 보필하는 덕이기도 하다.

나의 아빠 형제들이나 할아버지의 발자취를 살펴보면 그 강사의 말이 다 맞다. 큰아빠는 장남과 가장이라는 책임감으로 성실하게 살았다. 우리 집안 3대를 책임졌고 경제적인 여유나 성공은 그에 따른 보상으로 주어졌다. 할아버지 입장에서 자식은 보배다. 시간이 흐를수록 장성하는 자식들로 인해 안락함과 여유로움, 그리고 무병장수의 생까지 누리고 있으니 말이다.

하지만 그들의 자식 세대, 우리는 상황이 많이 다르다. 나는 초등학생 시절 IMF를 맞았다. 당시 "나라가 위기다"는 말보다 더 와닿는 말이 있었다. 바로 "실업자 아빠"라는 말이었다. 돈을 벌지 않고 집에 있는 아빠가 그 나이에도 부끄러운 일인 걸 알았는지 아이들은 아빠가 대낮에 집에 있다는 말은 절대 하지 않았다. 다만, 행색으로 드러날 뿐이었다. 우리 집에 조별 과제를 하러 온 친구 중 한 명의 신발 밑창이 다 뜯어져 있는 걸 본 엄마는 신발 한 켤레를 사 그 아이 신발장에 몰래 두고 오라는 심부름을 시켰다.

어릴 때 차림새에서나 드러나던 차이는 한 살씩 나이를 먹을수록 소비 습관, 방학 계획, 진로 등 일상적인, 거의 모든 일에서 드러났다. 대학 시절, 방학에 학자금 대출을 갚느라 빠듯하게 일하는 친구가 있는 반면 아빠가 준 경비로 한 달간 유럽 여행을 가는 친구도 있었다. 진로를 고민할 때도 부모님이 주는 용돈으로 취업 준비를 더 탄탄하게 다져서 원하던 기업에 합격하는 친구도 있었고, 당장에 돈벌이를 위해 취업이 비교적 어렵지 않은 회사에 가거나 시작을 비정규직으로 하는 친구도 있었다.

슬프게도 부모님의 경제력 차이는 '금수저와 흙수저'라는 단어를 만들어냈다. 부모님의 경제력에 따라 삶의 향방이 달라지고, 높은 실업률과 집값에 비해 낮은 임금을 받는 우리 세대는 큰아빠처럼 몇 세대를 먹여 살릴 생각은 꿈도 꾸지 않는다. 만일 그런 꿈을 꾸는 자가 있다면 책임감을 높이 평가받기보단 결혼 상대로 선호되지 않는다. 맞벌이 부부라도 겨우 처신하며 사는 세상에 다른 집 가장과 결혼하여 책임져야 하는 가족 수를 늘리는 것은 큰 부담이기 때문이다.

그뿐이랴. 아이 문제도 같다. 경쟁이 갈수록 치열해지는 이 나라에서 아이를 정상적인 사회인으로 길러내기까지 가정에서 써야 하는 비용과 노동으로 벌어들일 수 있는 수입을 따져보지 않을 수 없다. 평생 보살펴야 하는 가족 구성원의 수를 늘리는 것은 매우 신중해야 하는 선택지가 된 것이다.

이런 시대적 배경을 짊어진 우리 세대가 결혼하지 않거나 아이를 낳지 않으면 기성세대는 말한다. 이기적이고 책임감이 부족하다, 열심히 살지 않는다, 노는 데 돈을 다 쓴다고 다그친다.

나는 말한다. 우리가 비혼이나 비출산을 선택하는 것은 저출산이라는 위기의 원인이 아니라고. 누구보다 전장에서 치열하고 성실하게 살지만 보상받기 힘든 우리 세대가 선택한 결과라고.

이 변론이 아직은 부모 세대에 가닿아 보이지는 않지만 말이다.

사람은

아이로 인해

다시 태어날 수 있어

아이와 함께

또다시 반복할 경쟁을

거부합니다

"인생을 두 번 사는 경험."

아이를 키우는 부모들이 육아의 경이로움을 설명할 때 가장 많이 쓰는 말이다. 품 안에서 아무것도 할 수 없던 아이가 커가는 과정을 통해 까무룩 잊고 살던 자신의 성장 과정을 생생하게 불어내어 성찰하는 것. 그것은 부모가 된 사람들만이 경험할 수 있는 삶의 신비일 것이다. 하지만 나는 이미 지나온 내 인생을 두 번 살고 싶지 않다. 특히 10대 시절의 입시 경쟁을 한 번 더 반복하고 싶은 마음이 조금도 없다.

나는 고등학교가 성적순으로 서열화된 지역에서 10대의 모든 시간을 입시에 바쳤다. 초등학생 때 가볍게 안고 있던 '명문고 진학'에 대한 압박은 열네 살 중학교에 입학하자마자 거대한 파도처럼 몰려왔다. 학교에서 치르는 중간고사와 기말고사가 성적으로 반영되었기 때문에 반 전체, 전교 모든 학생이 나의 경쟁자였던 셈이다. 분기마다 시험이 거듭될수록 시험의 중요성은 높아져만 갔고, 그럴수록 나를 비롯한 아이들이 가지는 피로는 쌓여

갔다. 당시 우리 중학교의 1등은 피오줌을 싸면서 밤늦게까지 공부를 했다. 시중에 떠도는 헛소문이 아니었다. 그 아이의 엄마가 성적 비결을 묻는 엄마들 앞에서 자랑스럽게 이야기한 것이니.

어떤 아이의 필기노트는 갈기갈기 찢긴 채 화장실 쓰레기통에서 발견되기도 했고, 또 다른 아이는 친구들에게 자신이 공부하고 있다는 사실을 알리지 않으려 늘 PC 메신저를 켜놓고 공부했다. 성적 반영이 가장 큰 3학년 때는 시험이 끝나는 날이면 눈에 실핏줄이 터질 때까지 대성통곡을 하거나 "'그따위 학교'에 가느니 차라리 옥상에 뛰어내려 죽는 게 낫다"고 소리치는 아이들도 있었다. 맹목적인 경쟁이 사람을 얼마나 비도덕적으로 내몰 수 있으며 비참하게 만들 수 있는지, 나는 너무나 어린 나이에 보고 만 것이다.

나라고 다르지 않았다. 낙오되지 않기 위해 시험 기간에는 새벽 2시까지 공부를 하며 책상에 그대로 쓰러져 잠든 적도 여러 번이었다. 세상에서 가장 절박한 처지에 있는 사람은 언제나 나였다. 공부가 잘되지 않아 신경이 날카로워졌을 때 엄마에게는 아낌없이 신경질을 퍼부었고, 천성이 여유로워 나처럼 절박하게 공부하지 않는 동생에게는 늘 게으르다며 비난을 해댔다. 하지만 우리 가족은 모두 참아주었다. 내 성적이 좋았기 때문이다.

지역 명문 고등학교에 들어갔으나 그때부턴 전국 모든 고등학생이 내 경쟁자였다. 공부를 잘하는 친구들 틈에서 내신 성적은 좋지 않았다. 그 스트레스로 폭식증을 앓았고, 심신은 점점 피폐해져 갔다. 행복을 미래의 어딘가로 저 멀리 힘껏 던져두고 열심히 달려 그곳에 도착하면 또 다른 경쟁이 있을 뿐이었다. 그 학교에서 함께 고군분투한 친구들을 얻었으나 그들 중에서도 그 시절을 좋았던 기억으로 추억하는 이는 아무도 없다.

그 후 15년이 넘게 흘렀다. 작가가 한국의 사교육 현장을 수년간 취재해서 집필한 JTBC 〈SKY 캐슬〉이라는 드라마가 대중에게 큰 인기를 얻었다. 자녀 교육을 위해(정확히 말하면 그들의 기득권을 지키기 위해) 수억 원의 돈은 물론 영혼까지 팔아넘길 수 있다는 상류층 엄마들의 이야기에 많은 시청자가 공감한다는 것은 지금 한국 교육 현실이 그 지점에 와있다는 뜻일 것이다.

내가 학생인 시절 인기리에 방영된 드라마는 KBS 〈학교〉 시리즈나 KBS 〈반올림〉 같은 학교 청춘물이었다. 그때도 강남 대치동 엄마들의 사교육 열기가 큰 이슈였으나 학부모가 드라마 주인공이 되어 극을 이끌어가는 인기 드라마는 거의 없었다. 이에 비추어 볼 때, 내가 학생 신분을 벗어난 후 15년 동안 한국의 입시는 학생들의 경쟁을 넘어서 그들의 엄마들까지 여남은 인생을 모두 건 레이스가 된 셈이다.

내가 아이의 학부모가 된다면 학창 시절 내가 경쟁하던 이들과 엄마라는 외피만 뒤집어쓴 채 본질은 똑같은 경쟁을 반복하게 될 것이다. 입시 경쟁을 거부한 채 아이를 키우면 되지 않느냐고 말하는 혹자들도 있을 것이다. 하지만 한국에서 입시를 피할 수 있는 구체적인 대안을 제시하는 이는 여태까지 본 적이 없다. 안타까운 일이다. 게다가 기존의 경쟁 질서를 이미 내재화하고 있는 내가 엄마가 되었다는 이유만으로 완전히 새로운 선택을 할 수 있을까? 솔직히 자신이 없다.

10대에는 입시경쟁으로 이팔청춘을 다 보내고 20대에는 취업 전쟁으로 나이를 다 써버리고 나니 결국 남들과 똑같은 삶의 궤적을 밟기 위해 그렇게 필사적이었나 싶어 30대가 된 어느 날엔 헛웃음이 다 지어졌다. 행복을 끊임없이 유예하는 법에 익숙해졌고, 현재가 즐겁고 만족스러우면 지나치게 안주하는 것은 아닌가 하는 불안감이 엄습해오기도 했다.

아이를 갖는 문제도 역시 마찬가지다. 현재는 우리 부부가 재미나고 행복하게 잘 살고 있지만 혹여 나중에 남들과 다른 이 선택이 틀리면 어쩌지 고민하는 날도 많았다. 하지만 나는 현재의 행복과 감정, 그리고 지금 나의 판단을 굳게 믿어보기로 했다. 과연 내가 후회를 할지, 하지 않을지 모르는 그 미래가 두려운 마음에 현재의 행복을 업신여기는 일은 이제 그만하기로 했다. 무엇보다 뻔히 겪어본 재미없는 과거를 두 번이나 반복할 이유가 없다. 내게 주어진 인생은 이번 생 단 한 번뿐이기 때문이다.

아이 엄마와 딩크족 여성,
친구로 지낼 수
있을까?

서로에 대한
존중과 관심이 전제된다면
가능해요

"여자의 인간관계는 살면서 두 번 정리돼. 결혼할 때랑 출산했을 때."

그다지 동의하고 싶지는 않지만, 결혼식을 한 번 경험해본 여성으로서 딱히 반박할 수 없는 통념이다. 친한 친구들을 한 명씩 직접 만나 결혼식에 초대했지만, 결혼식 전날 문자 한 통으로 오지 못한다고 통보를 하거나 결혼식 당일 연락도 주지 않은 채 초대에 응하지 않은 이들과는 어쩐지 연락하고 지내지 않는다. 이런 면에서 나도 첫 번째 통과의례는 치른 셈이다.

그렇다면 출산을 하지 않기로 한 나는 인간관계를 정리할 두 번째 계기는 없는 게 아닐까? 그렇지 않다. 결혼한 친구들이 분기별로 임신이나 출산 소식을 전하고 그들의 본격적인 육아가 시작되면 친구들과의 단체 채팅방의 주된 주제는 어느덧 육아가 되었고 그 대화 주제에서 맞장구칠 수 있는 소재도, 먼저 화두로 올릴 만한 얘기도 없는 나는 종종 소외감이 들기도 했다. 어디 그뿐이랴. 약속 당일 아이 문제로 인해 약속이 취소되거나 아이의

편의를 고려해 약속 장소를 정하는 경우가 많다. 만난다고 하더라도 아이가 울거나 떼쓰게 되면 제대로 된 대화조차 어렵다. 한 시간 반을 걸려 친구를 만나러 갔는데 우는 아이 때문에 한 시간을 채 못 보고 집으로 돌아온 적도 있다.

아, 이 일을 어쩐담. 다음에도 그 친구를 만날 때 똑같은 일이 반복되지 않을지 걱정이 먼저 앞섰다. 동시에 같은 입장이 아닌 친구의 처지에 공감하기보다 이질감이 앞서는 나를 보면서 또 다른 고민을 하게 되었다. 아이 키우는 친구들과 나눌 대화 주제는 점점 줄어들 텐데…. 나도 아이가 있다면 친구들과 더 돈독한 유대를 다질 수 있을 텐데….

사실 내가 사는 일상과 거리가 먼 타인의 삶을 자세히 들여다보고 마치 내 일처럼 여기는 일은 여간 성가신 일이 아니다. 굳이 그 세계로 나의 관심을 확장하지 않아도 내 삶을 성실히 영위하며 그럭저럭 살아갈 수 있을 것이다. 많은 이들이 이처럼 성가신 과정은 건너뛰기 때문에 내 처지를 직관적으로 이해할 수 있는 사람들끼리 만나게 되는 것은 아닐까.

여기까지 생각이 미치니 다양한 삶에 대한 이해와 노력이 없다면 앞으로는 친구들과 점차 멀어질 일밖에 없겠구나 싶었다. 한

교실에서 올망졸망 모여 있던 친구들의 삶이 이제는 나와 다르다고 배척하거나 제대로 알지 못한 채 오직 남편과 마주보며 사는 삶은 어쩐지 멋이 없어 보이기도 했다

여러 가지 서적들을 읽기도 하고 친구들의 이야기를 귀담아듣게 되니 엄마인 그들은 사소한 부분도 배려가 필요하다는 것을 알았다. 그 친구들이 나를 만나기까지의 준비 과정은 훨씬 더 오랜 시간과 수고가 드는 일인데도 불구하고 적은 시간이나마 나를 만나고 싶어 한다는 것. 그러니 내가 더 배려하는 것에 인색하게 굴지 않기로 했다.

아이를 키우는 친구들을 직접 보며 또 한 가지 체감한 것이 있다. 갓난아이도 결국 언젠가는 성장한다는 것. 통제가 쉽지 않아 엄마의 진땀을 흘리게 했던 작은 아이가 엄마 친구들 옆에서 의젓하게 앉아 음료를 마시기까지 성장하는 시간은 그리 오래 걸리지 않는다는 것을 알았다. 무엇보다 아이 엄마들은 친구를 만나는 그 기회를 나보다 훨씬 귀하게 여기며 지난한 일상을 살아갈 큰 힘을 얻는다는 것을 안 뒤로 나는 엄마가 된 친구들을 만나는 것을 절대 꺼리지 않게 되었다.

엄마인 친구들과 나와 공통점도 하나 있다. 바로 결혼했다는 것.

그래서 이들과 만나면 아내나 며느리로서의 내 일상을 나누며 즐거워한다. 대신 결혼하지 않은 친구들과 만나면 나 개인으로서 삶에 대해 더 많은 이야기를 한다. 요즘 읽고 있는 책, 예전에 갔던 여행지에서의 경험담, 최근 재미있게 본 영화에 대한 감상과 앞으로 하고 싶은 일에 관한 이야기들. 결혼하지 않은 친구들과의 일상이나 향후 계획은 서로 판이하다. 하지만 그들과의 만남은 가족 안에서의 나와 내 자아를 가진 나와의 균형을 맞출 수 있는 경험이다.

아이 엄마가 된 내 친구들도 나와의 만남이 그러하길 바란다. 아이가 없는 나와의 대화에서 엄마가 아닌 개인으로서의 삶과 고민을 나누며 잊고 싶지 않은 소망을 잃지 않기를.

아이가 예쁜 것에 비하면
낳는 고통은
아무것도 아니야

내 몸이 겪어야 할
고통은
내가 선택합니다

"여자 친구들의 몸은 아이를 낳을 몸이에요. 그러니 여자 친구들을 항상 조심히 대해줘야 해요."

내가 초등학생 때부터 선생님에게 들은 말이었다. 여자는 장차 예외 없이 아이를 낳을 몸이라는 것. 그래서 남자아이들은 그들에게 심한 장난을 쳐서도 안 되고 항상 배려해주어야 한다는 것. 그때부터 나도 자연스레 내 몸은 생명을 잉태할 수 있는 신성한 몸이라는 인식이 생겼다.

그러나 아무도 말해주지 않았다. 여자는 임신해서 심한 입덧으로 지하철에서 실신을 할 수도 있다는 것. 임신 호르몬으로 인해 쏟아지는 졸음과 싸우며 꾸역꾸역 일을 해야 할 수도 있다는 것. 조산 위험으로 인해 임신 중기부터 온종일 침대에서 누워 있어야 할 수도 있다는 것. 임신 막달로 접어들수록 거세지는 태동으로 얕은 잠을 자며, 하복부의 통증으로 앉고 걷는 것조차 힘들 수 있다는 것.

이 사실들은 모두 "엄마는 위대하다"라는 말 뒤에 숨겨진 진실들이었다. 《나는 아기 캐리어가 아닙니다》의 저자는 임신을 하고 나서야 임신이라는 과업이 얼마나 힘든 일인지 비로소 깨닫게 되었다고 말한다. 여성에게 '임신과 출산'을 아주 어릴 때부터 강조하면서 이런 사실들을 아무도 구체적으로 말해주지도 않고, 여성 자신도 미처 몰랐던 게 놀랍다고 말했다. '사회가 임신과 출산 당사자들이 내는 목소리를 조직적이고 체계적으로 은폐했던 건 아닐까 의심이 생길 정도'로 말이다.

나 역시 주변의 친구들이 임신과 출산을 겪기 이전까지는 임신 열 달 동안 여성인 내 몸이 어떤 변화를 겪게 될지 구체적으로 알지 못했다. 임신하면 몇 달은 입덧을 하는구나, 출산은 매우 고통스러운 경험이구나 정도로 막연하게 알고 있었다. 임신과 출산은 고단한 과정이지만, 아이를 낳는 기쁨에 비한다면 그것쯤은 '한방'에 잊히는 줄 알았다. 정말 순진하게도.

하지만 출산 중 진통으로 인해 침대 시트를 쥐어뜯다가 늘어난 손목 인대가 몇 년이 지난 지금도 시큰거려 키보드를 치기 버겁다는 지인도 있고, 임신 과정이 매우 힘들어서 둘째는 엄두도 안 난다는 지인도 있다. 출산 후 변한 몸매로 인해 우울함을 겪는 지인들도 꽤 많다. 이들에게 타인들은 너무 쉽게 말을 내뱉는다.

"몸매니 매력이니 뭘 그런 걸 신경 써? 이제 애 엄마면서."
"엄마라면 누구나 다 겪는 일이고 참아낼 수 있어. 아이를 봐서라도 견뎌야 해"

그동안 그들의 고난과 고통은 '위대한 엄마와 모성'이라는 기준에 부합하지 않는다는 이유로 타인들에게 쉽게 무시되어온 게 아닐까. 임신과 출산 정도의 고통은 이 땅의 여자라면 다 겪는 유난스러운 일도 아니거니와 자식을 낳고 기르는 문제에 비하면 '아주 사소한 것'으로 취급되어온 게 아닐까, 그 고통의 과정들이 딸들에게 함축되어 전달된 건 아닐까 싶다.

그러나 지금 그들의 딸들, 20~30대의 임신하지 않는 여성들은 정확히 임신과 출산으로 인해 내 몸에서 어떤 변화가 일어나는지 구체적으로 알고 싶어 한다. 임신으로 겪게 될 수 있는 위험과 고통을 알고 싶어 하는 것이다. 임신하지 않느냐는 압박은 누구나 쉽게 가하지만, 그들 중 아무도 내 고통을 대신 짊어지지 않는다는 걸 알기 때문이다. 임신과 출산으로 인해 내 몸의 변화는 물론 내 삶 모든 계획의 변화를 감당해야 하는 건 오로지 '나 자신'이라는 걸 너무 잘 알기 때문이다.

이미 임신과 출산을 겪은 여성들은 내 몸에서 이런 변화가 일어났다는 것을 '알리고 싶어 한다'. 모성으로 아름답게 미화된 고통이 아닌 날 것 그대로의 고통을 동년배나 조금이라도 어린 여성들에게 알려주고 싶어 그들은 글을 쓰고 만화를 그린다. 그들도 어처구니가 없고 억울한 것이다. 내 몸에 대한 엄청난 변화를 고려해보지 않고 임신을 선택한 것이. 그 이전에 아무도 이런 이야기를 해주지 않은 것이.

임신과 출산의 고통을 감당하고 싶지 않은 나에게 이기적이라 비난해도 나는 조금도 흔들리지 않는다. 나대신 상상 입덧조차 안 해줄 사람의 비난은 듣는 그때뿐이지만 내 몸과 삶에 대한 변화는 평생 나 홀로 책임져야 하기 때문이다.

출산의 고통을

거부하는 것은

악마 같은 행동입니다

임신하기 싫다는 말에

악마라는

답변이 돌아왔습니다

브런치로 연동된 메일함을 확인하는 일은 늘 설렌다. 적어도 이곳 브런치에서는 작가로서 새롭고 설레는 제안을 받기 때문이다. 여느 때와 다름없던 퇴근길, "작가님에게 새로운 제안이 도착했다"는 브런치 알람을 받고 다소 상기된 마음으로 메일함을 열었다. 메일을 확인한 순간 집으로 향하는 가벼운 발걸음을 잠시 멈추었다. 이게 뭐지?

"아이를 안 낳는 건 당신의 자유겠지만 이렇게 홍보하면서까지 출산을 안 할 필요가 있나 하는 의아심이 듭니다. 혹시 불임으로 못 낳으시는 거라면 요즘 유명한 병원 많습니다. 거기로 가셔서 계획을 잡으시는 게 나을 듯합니다. 우리나라 인구가 점점 줄어드는 데 당신들도 부모님 속에서 태어나서 살듯이 출산을 막으려는 악마적인 행동은 하지 말기를 바랍니다. 출산의 고통이 있으므로 아름다운 생명이 있습니다."

그렇다. 여성의 몸을 가지고 임신과 출산을 할 생각이 없다는 글을 쓰는 내가 받은 첫 악의적인 편지였다. 이 편지를 받기 직전에

썼던 글의 제목은 “아기를 낳든 안 낳든 내 몸은 내 의지대로 씁니다”였다. 그동안 임신과 출산으로 겪는 몸의 변화에 대해서 거의 알지 못했던 어린 소녀들이 자라서 내 몸에서 일어날 수 있는 날 것 그대로의 진실을 원하는 여성들이 되었다는 취지의 글이었다. 물론 뒤에 몇 마디 더 붙였다.

“임신과 출산의 고통을 감당하고 싶지 않은 나에게 이기적이라 비난해도 나는 조금도 흔들리지 않는다. 나 대신 상상 입덧조차 안 해줄 사람의 비난은 잠시 듣는 그때뿐이지만 내 몸과 삶에 대한 변화는 평생 나 홀로 책임져야 하기 때문이다”고 말이다.

그 후 내게 돌아온 답변은 “출산을 막으려는 악마적인 행동”이라는 말이었다. 물론 내 의견에 동조해주는 댓글도 많았다. 하지만 누군가는 굳이 나의 브런치 계정까지 들어와 개인 메일까지 보내는 수고스러움을 감내하며 나를 비판했다. 타인이 이 정도 정성을 쏟아 나를 비판해야겠다는 마음을 먹은 거라면 나도 정말 무언가를 잘못한 것이 아닐까? 곰곰이 반성해보았다.

반성해 본 결과 내가 생각하는 나의 죄목은 이러했다.

1. “임신과 출산의 고통”이라는 주제로 글을 써서 몇천 명의 사람

들이 보게 했다. 내 글로 인하여 임신과 출산의 의욕이 저하된 여성들이 있을 수 있다. 저출생 시대에 그런 글을 써서 출산의 사기를 저하시켰다.

2. 감히 임신과 출산의 고난 사례를 모아 여성 당사자가 임신 여부를 결정해야 한다고 말했다. 임신할 수 있는 몸을 가지고 태어난 여성이라면 그냥 묻지도 따지지도 말고 임신과 출산의 성스러움을 기쁘게 누리면 될 것을.
3. 내 몸과 삶에 대한 결정권은 오직 나에게 있다는 소리를 해댔다. 이 문제에 대해서는 남편이나 시부모님 등 나 아닌 타인의 허락이나 양해가 우선하지 않는다고 말했다. 아내와 며느리로서의 '도리'를 다하지 않을 거라면 왜 결혼했을까?

스스로 죄목을 나열해보고 나서는 실소를 금할 수가 없었다. 나 지금 몇 년대에 사는 거지? 내가 살고 있는 지금이 21세기라는 사실에 그나마 안도했다. 아마 중세 시대라면 말 그대로 악마가 되어서 짧은 생을 끔찍하게 마감하지는 않았을지.

어이없는 상황이 하나 더 있다. 내 남편이 다른 사람들에게 "아내의 몸이니까 임신에 대한 권리와 선택은 오로지 아내에게 있다"는 말을 하면 그에게는 멋진 남편, 대단한 남편이라는 찬사가 주어진다는 것이다. 하지만 내가 나의 몸의 권리와 선택을 주장하면 돌아오는 답변은 "악마"라는 것. 이 촌극을 어떻게 받아들여야 할지 혼란스러워하는 내게 모유 수유 문제를 두고 시부모와 한바탕 소동극을 벌인 친구가 말했다. "이제 알았어? 이 땅에서 여자, 내 몸은 온전히 내 것이 아니야."

공교롭게도 내가 '악마 메일'을 받은 이날, 청문회가 열린 국회에서는 미혼의 서울대 교수인 여성 후보자에게 대뜸 이런 훈계를 해대는 의원도 있었다. "본인의 출세도 좋지만 (임신과 출산으로) 국가 발전에도 기여해주시기를 바랍니다." 서울대 경영학과 최초로 여성 교수로 임용된 자도 '임신과 출산'을 하지 않았다고 혼나는 마당에 내가 무슨 수로 같은 문제에 대한 비난을 피할 수 있을까 싶은 생각에 한 번 더 허탈했다.

그런데도 나는 부지런히 쓰고 말하는 것을 멈추지 않을 것이다. 내 몸에 대한 권리와 내 삶에 대한 결정권을. 내 몸의 고통을 대신 겪어 주는 사람이 없듯이 내 몸의 권리를 주장할 수 있는 자도 오직 나밖에 없기 때문이다. "악마"라는 말을 들음으로써 내게 주어지는 것이 내 삶에 대한 자유와 다양한 선택, 그리고 행복이라면 기꺼이 감당하겠다. 더불어 지금 나의 딸들 세대가 "아기를 낳든 안 낳든 내 몸은 내 의지대로 씁니다" 따위의 말을 했을 때 적어도 '악마'라는 말은 듣지 않게끔 나는 주장할 것이다.

"임신도, 출산도 모두 내 몸으로 하는 것이니 전적으로 내가 선택하겠습니다. 나 대신 해줄 수 있는 게 아무것도 없는 사람이 유일하게 할 수 있는 건 타인의 삶에 대한 존중밖에 없습니다."

엄마가

되지 못한 여자는

낙제점이야

결혼 안 한 여성은

도대체

'몇 점'인가요?

언젠가 국회에서 열린 인사 청문회의 한 장면이다. 여성 공정거래위원장 후보자를 검증하는 과정에서 한 야당 의원이 후보자의 결혼 여부를 묻고 저출산으로 인한 국가 위기 등을 운운하면서 이렇게 말했다.

"후보자처럼 정말 훌륭한 분이 그걸(맥락상 결혼과 출산) 다 갖췄으면 100점짜리 후보자다."
"본인의 출세도 좋지만 국가 발전에도 기여해주시기를 바랍니다."

사회적으로 성공한 여성에게 '결혼과 출산'을 약점으로 삼는 행태는 어제오늘만의 일도 아니니 놀라운 것도 없었다. 다만, 공직자의 자질을 검증하는 과정에서 후보자의 '결혼과 출산'을 들먹거리는 자의 언행이 놀라울 뿐이었다. 그 덕분에 공정거래위원장 후보자의 이력이 문득 궁금해져서 찾아봤다. 후보자는 미국 하버드대학교에서 경제학 박사 학위를 받고, 국내 유명 대학에서 경영학 교수로 근무하다가 서울대학교에서 경영학 연구에 매진하며 학생들을 가르치고 있었다. 한 가지 더 덧붙이자면 내가 언급한 그녀의 이력에는 '한국 여성으로서 처음'이라는 수식어가 붙었다는 것.

후보자가 착실하게 밟아온 듯 보이는 이력의 실상은 결코 순탄치 않았을 것이다. 남들에게는 쉽게 위로받지 못할 고초를 겪고, '안 된다'는 수많은 말에 마음을 부딪치면서도 묵묵히 정진했을 것이다. 후보자가 지도도 없이 헤맸을 그 울퉁불퉁한 자갈길은 그 후 많은 후대 여성들이 걷기 시작하면서 현재 흙길 정도는 되지 않았을까 싶다. 그녀들의 목적지는 후보자가 가장 먼저 도착한 '그곳'일 것이다. 후보자의 이력 자체가 많은 여학생들에게는 길이고 희망이다. 이런 성취를 가지고 있는 후보자에게 '출산으로 국가 발전에 이바지하라'고 훈계하는 것은 매우 모욕적으로 느껴진다. 여성이 국가 발전에 기여할 수 있는 일은 출산뿐이라는 그 낡은 인식이 말이다.

그렇다면 이 나라는 출산과 육아에 온전히 매진하는 여성들에게 한없이 관대하며 너그러울까? 절대 그렇지 않다. 몇 년 전부터 지하철 임산부 배려석조차 여전히 임산부들이 앉기 힘들다는 고충이 끊이질 않는다. "전업맘으로 아이를 본다"고 말하면 "집에서 노는구나. 팔자 좋네. 남편이 바깥일하느라 힘드니 내조 잘

해라"는 말을 들어보지 않은 여자가 없을 것이다. 아이와 동네 카페나 식당이라도 가려고 하면 여기저기 '노키즈존' 투성이에 그나마 힘들게 들어간 카페에서 아이가 소리 한 번 빽 지르면 '맘충 아니야?'라는 날카로운 눈빛에 서둘러 외출을 끝내야 한단다.

일하는 여자에게는 모성을 요구하고, 육아하는 여자에게는 맞벌이를 요구하거나 완벽한 엄마를 요구한다. 그 야당 의원이 말한 100점짜리 여성은 아마 교단에서 학생들을 가르치면서, 끊임없이 연구로 좋은 성과도 내고, 공직을 겸직할 만큼의 청렴함도 갖추고 아이도 둘 이상쯤은 낳아 인성과 성적까지 모두 뛰어나게 키우는 거겠지. 과연 출산과 육아를 생애 경력에 넣지 않은 후보자의 점수를 몇 점이나 깎았으려나 궁금해진다.

이제
그만 놀고
임신해라

30년간
열심히 살았으니
이제는 좀 놀게요

"언제까지 놀고만 있을 거야? 빨리 임신해야지."

임신과 출산 관련하여 내가 들어본 말 중 가장 최악의 말을 꼽는다면 바로 이 말이다. 처음 들었을 때는 크게 불편한 내색 없이 사회적인 미소를 지으며 넘어갈 수 있지만 곱씹을수록 어처구니 없는 저 말.

"언제까지 먹고 놀고 즐기기만 할 거야? 네가 노는 동안 남들은 인생의 한 단계씩 밟아가며 앞으로 나가고 있는데! 젊을 때 놀면 나이 들어 기력이 달릴 때 그 많은 책임과 의무들을 어떻게 해결하려고 하니? 지금 여유 부리며 슬슬 걸으면 나중에는 남들의 속도를 따라잡느라 전력 질주해야 돼!"

취미로 그림을 배우고 있다, 드럼을 치고 있다는 근황을 전하며 한껏 상기된 우리 부부의 산통을 깨부수는 말들이다.

논다는 핀잔이 기분 나쁜 이유는 일단 완연한 사실이 아니기 때문이다. 나는 하루 여덟 시간을 직장에서 일하며 보낸다. 직장인으로 살며 겪는 월요병과 고충, 피로 등을 무겁게 느끼며 산다. 돈을 쓰는 꿀 같은 쾌락만 느끼며 사는 게 아니라 돈을 벌기 위해 일주일에 5일 동안 쓴맛도 느낀다는 것이다. 취업전선은 겨우 넘었으나 다른 문제를 맞닥뜨린 것이다. 육아하지 않고 '노는' 여성의 고충 따위는 저런 편견으로 가볍게 무시될 테지만 현재 나는 초콜릿 상자에서 먹고 싶은 초콜릿만 골라 먹는 중은 아니다.

돌이켜 보면 20대에도 마찬가지였다. 노는 중이라는 오해를 받기 좋은 그 나이, 학교 밖 세상의 넓이가 가늠조차 되지 않는 그 나이에도 많은 임무가 부여됐다. 대학생 때는 호기롭게 잘 놀고 연애도 많이 해야 되지, 취업도 해야 하는데 그 일로 생계유지는 물론 내 가슴도 뛰어야 하지, 자아실현도 이루어야 하지…. 이 기준에 부합하는 청춘을 만들기 위해 무던히도 애를 썼다.

그 시간 동안 더듬거리면서 간신히 내가 선택한 일은 대학 전공 과목 중 가장 흥미 있던 과목과 관련된 일이었다. 내 마음을 다해 좋아한 전공은 아니었지만, 꽤 쓸모도 있고 소소한 재미도 느꼈기 때문이다. 그렇게 관련 일을 한 지도 6년째.

내 하루의 3분의 1은 20대의 편협한 시각에서 선택한 30대를 살고 있다. 나머지 3분의 1은 내가 원하는 세상에 미래를 놓을 준비를 하며 보낸다. 낮에는 열심히 돈을 벌고 저녁엔 그 자원으로 내가 보고 듣고 느낄 수 있는 세계를 조금씩 확장해간다. 내 삶의 텃밭을 다양한 꽃들로 하나씩 채워나가는 재미를 느끼고 있다.

이런 재미를 세상에 내보일 때마다 나를 가로막으려는 것이 "이제 그만 놀고 임신해"라는 말이다. 나이 먹어 아이를 낳으면 육아로 여생을 다 보낼 것이고, 낳지 않는다면 네 노후는 외롭고 남루할 것이라며. 은연중에 이런 속뜻을 내포한 말이니 다른 사람들이 묵묵히 이행하는 의무를 지지 않는 나를 두고 게으르고 이기적이라 질타하는 말로 해석된다. 이제야 나의 돈과 시간으로 자신을 키워보려는 행동을 단순히 '철없이 노는 중이다'라고 폄하하는 말로도 들린다. 앞으로 이 말을 듣는다면 더 이상 어설프게 웃지 않기로 했다. 대신 이 말을 꼭 할 것이다.

"30년 넘게 성실히 살았는데 이제 인생의 재미도 좀 볼 때도 되지 않았나요? 언제까지 오늘의 안락이 내일의 불행이 되지 않을지 걱정하며 살아야 하나요? 저는 당장 오늘을 재미있게 살면서 나를 좀 더 키워볼 거예요."

여자에게는
반드시
딸이 필요해

엄마와
베프가 되지 못한
딸의 이야기

"딸은 엄마의 평생 베프야."

세상이 조금이나마 변했다고 느끼는 건 이런 기대로 우리 세대 여성들은 딸을 선호하는 경향이 짙기 때문이다. '너도 딸은 가지고 싶지 않아?'라는 질문을 받은 적이 있다. 나는 '글쎄'라고 머뭇거리다가 대화를 끝낸 적이 있다. 나라는 딸은 엄마의 가장 좋은 친구가 아니기 때문이다.

우리 엄마도 나와 가장 친한 친구 같은 관계를 소망한다는 것을 잘 안다. 어떤 상황에서든 내 편을 들어줄 수 있는 든든한 아군 역할을 딸이 해주길 바랐다. 그래서 나도 한동안 그 역할을 했다. 사실 그렇게 할 수밖에 없었다. 20년 넘는 세월 동안 엄마의 슬하에 있었으니 말이다.

그래서 나는 어릴 때부터 엄마의 일상적인 불평과 타인에 대한 불만을 고대로 듣고 자랐다. 엄마에게 딸이란 가장 격의 없이 나를 보여줄 수 있는 존재이기 때문이었다. 그땐 덩달아 나도 엄마를 힘들게 하는 사람들이 너무 밉고 싫었다. 엄마가 좋아하는 일은 항상 함께하고 엄마가 싫어하는 일은 나도 굳이 하지 않았다. 예를 들면 여행이 그랬다. 엄마에게 여행이란 큰돈을 투자하여 피곤함을 얻고 내 집이 최고라는 교훈을 얻는 행위에 지나지 않았다. 집 떠나 낯선 곳에 가는 걸 불안해하는 엄마의 성향 탓도 있었다. 그래서 나 역시도 많은 곳을 다녀보지 못하고 컸다. 오랫동안 나는 여행을 싫어하는 사람인 줄 알았다.

이러던 우리 사이에 서서히 균열이 생겼다. 내가 대학생이 되어 엄마 품을 떠나고부터였다.

혼자 있으니 무엇을 먹고 어떤 일을 하며 시간을 쓸지 모두 내가 정해야 했다. 그 하루하루가 쌓여 내게도 취향이 생겼다. 나의 취향을 분석해보니 나의 타고난 성향도 알게 되었다. 어느 날부터인가 엄마의 하소연이 듣기 버거웠다. 이성적인 판단이 아닌 전적으로 엄마의 주관에서 비롯된 이야기라는 생각이 들었기 때문이다.

엄마가 제일 좋아하는 취미인 쇼핑을 하는 것도 싫었다. 나는 별 목적 없는 쇼핑에 돈과 시간을 투자하는 것을 끔찍이 싫어하는 사람이란 걸 깨달았기 때문이다. 엄마가 싫어하는 내 행동도 있었다. 엄마는 내가 혼자 여행을 가는 것을 싫어했다. 미지의 세계

대한 설렘으로 가슴이 세차게 뛰는 나와 달리 엄마에게 타국이란 두렵고 무서운 곳이었다. 그 사지(死地)를 제 발로 간다는 딸의 객기를 항상 막고 싶어 했다.

출국날 아침까지 즐기고 오란 말 대신 걱정된다는 문자만 보내는 엄마에게 결국 "엄마의 불안을 나한테 전가하지 마. 그 감정은 엄마가 스스로 해결할 문제지 내가 가지 않는다고 해결될 문제는 아니야"라고 말한 채 그대로 훌훌 떠난 적이 있다. 좀 더 예쁘게 말할 수 있는 능력이 있었으면 좋으련만. 내뱉고 나니 후회됐다. 그러나 내 표현 방식에 대한 후회였을 뿐, 여행을 떠난 내 선택에 대한 후회는 아니었다. 혼자 간 여행은 내게 여유와 사람들 그리고 자기 효능감을 선사해준 아주 멋진 경험이었기 때문이다.

아이를 낳는 문제도 마찬가지다. 엄마는 결혼하면 애를 낳지 않는 부부는 못 봤다며 내가 관습대로 안정적인 선택을 하며 살길 원한다. 그게 엄마가 여태까지 걸어온 길이기 때문이다. 하지만 나는 엄마의 말을 따를 생각이 없다. 엄마의 안도보다는 나의 행복이 우선순위이기 때문이다.

엄마의 요구와 나의 욕구를 구분하는 것. 10년을 혼자 살며 얻은 교훈이다. 그 시간을 통해 나는 엄마가 원하는 대로 행동하는 착한 딸이 아니라 내가 원하는 걸 하는 '나' 자신이 되었다. 엄마와 나도 심리적으로 밀착되었을 때가 있었다. 그만큼 엄마의 불안과 염려까지도 그대로 나에게 전해졌다. 한국의 효도 사상까지 고려하면 딸로서 엄마의 기대와 요구를 거절하기가 좀처럼 쉽지가 않다. 착하고 순한 딸로 엄마 옆에 오래오래 머무는 딸이 될 수도 있었다. 하지만 두려웠다. 삶의 주체인 내 인생은 시작도 못하게 될까 봐. 그리고 엄마의 불완전한 부분을 내가 그대로 답습하게 될까 봐.

엄마가 불안해하고 싫어하는 일을 할수록 내 인생이 하나씩 채워지는 느낌이 들었다. 엄마 곁을 떠나서야 비로소 자아를 완성해나가는 성취감을 맛본 나는 끝까지 엄마의 좋은 친구는 못 될 것이다. 그렇지만 나 자신으로 자유롭게 살며 인생이란 텃밭을 아름답게 일구고 있다는 생각이 들면 이 축복 같은 생을 선물해준 엄마에게 가장 고마운 마음이 든다. 이 감정은 친구에게는 절대 가질 수 없는 종류의 느낌이다.

모녀 관계는 태초에 서로를 선택할 수 없는 사람끼리의 만남이다. 좀처럼 서로를 이해하지 못하는 여자 둘이 만났다. 그럼에도 우리는 관계의 단절을 택하지 않고 조화를 위해 평생에 걸쳐 갖은 방법을 써볼 것이다. 나는 엄마의 친구가 아닌 딸이기 때문이다.

육아가 힘들다니.
너희 엄마 때는
더 힘들었어

왜 '82년생'
김 지영 씨는
유독 우울할까요?

"80년생 엄마들이 왜 힘든가요? 50, 60년생 엄마들이라면 또 몰라."

개봉 전부터 이미 영화 〈조커〉를 뛰어넘는 문제작이었던 〈82년생 김지영〉에게 쏟아지는 주요 혹평 중 하나다. 나는 3년 전에 김지영을 책으로 만났고, 이번에는 개봉 첫날 남편과 함께 영화로 만났다. 남편과 영화의 러닝 타임보다 더 긴 대화를 하고, 이 영화에 대한 반감들을 찬찬히 살펴본 덕에 '82년생 김지영'을 뒤덮고 있는 무기력과 우울을 좀 더 깊게 살펴볼 수 있었다.

그러게, 김지영 그녀는 '육아는 장비 빨'이라며 각종 육아 아이템들을 동원해 육아하고, 집안일도 로봇이나 빨래 건조기 같은 새로운 가전들로 점점 대체하고, 장을 볼 필요도 없이 인터넷으로 주문만 하면 다음 날 도착하는 시대에 살면서, 왜 우울한 걸까?

'김지영'을 자처하는 이 시대 젊은 여성들이 육아, 시댁, 일 등의 문제로 차별 받는다 여기고 힘들어하는 것은 비교 대상이 '엄마

세대'가 아니기 때문이다. 그들이 자신의 처지와 비교하는 것은 바로 '내가 그리던 여성상'이다. 80년대생 여성인 나는 학교에서 '여자도 무엇이든 할 수 있고 될 수 있다'라고 배웠다. 이는 영화에서도 꾸준히 언급된다. 어린 김지영이 언니와 함께 세계 지도를 보면서 이 세계를 다 돌아다닐 수 있을 거란 기대, 글을 수려하게 쓰는 능력으로 계속 일을 하고 싶어 하는 소망이 말이다.

내가 여자 중학교에 재학하던 시절, 교실 뒤편에는 학급 친구들이 쓴 장래 희망을 붙여 놓는 공간이 있었다. 게시판에 장래 희망을 붙이기 전, 무슨 직업을 가지고 싶은지 조사하는 유인물에 딱 한 친구만이 장래 희망을 '전업주부'라고 적었다. 담임선생님은 그 친구를 불러 놓고 말씀하셨다.

"주부는 직업이 아니야. 그러니 다른 장래 희망을 적어보는 게 어떻겠니?"

친구는 고민하다가 직업을 결국 '교사'로 바꿔 썼다. 그랬다. 우리 세대에게 주부는 직업이 아니라 역할일 뿐이었다. 왜냐하면 여자도 공부하여 어엿한 직업을 가질 수 있는 기회가 열려있으니까. 학교에서도 이런 사실을 적극적으로 우리에게 알려주었다. 여자도 남자들과 같은 교육을 받으면서 집에서 가사와 육아를 하는 것보다는 직업인으로서 경제활동을 하고, 그 성과로 사회에 기여하는 것이 더 의미 있는 거라고.

하지만 임신과 출산 중 여자 몸에 일어나는 구체적인 변화와 고통, 모든 시간과 자원, 체력을 투입해야 하는 육아의 고단함을 알려주는 사람은 거의 없었다. 무엇보다 결국 일과 육아 중 양자택일해야 하거나 두 가지 모두를 취하려면 또 다른 여성(친정 엄마가 될 가능성이 매우 크다)의 희생이 필요한 처지에 내몰린다. 여성들을 둘러싼 이러한 사회 구조적인 문제 따위는 아무도 알려주지 않았다.

학교에서는 '무엇이든 될 수 있다'더니 막상 사회에서는 '잠재적 엄마'라는 이유만으로도 암묵적으로 여성들을 채용이나 주요직에서 배제한다는 것도 그땐 알지 못했다. 꽤 많은 여자들은 이런 분위기에서 자아실현의 패기보다는 열패감을 더 쉽게 습득한다.

"얌전히 있다가 시집이나 가라"는 김지영 아빠의 말에 엄마는 "너 얌전히 살지 말고 나대, 막 나대!"라고 일갈하는 것처럼 엄마 세대도 딸들이 경제력을 가진 직업인으로서 당당하게 살아가기를 바랐다. 그런데 종국엔 자식들 뒤치다꺼리하다가 늙어간 엄마의 삶과 내 삶의 궤도가 다를 바 없는 자신을 마주하면 가슴에 멍이 드는 것이다. 가르침의 속도를 따라잡지 못한 사회적 인식과 제도는 여전히 결혼한 여자들을 집 안에 주저앉힌다. 영화 속 김지영이 겪는 고통과 많은 여자들이 육아를 하며 겪는 산후우울증도 결코 이 배경과 멀리 떨어져 있지 않다.

그렇다면 아이를 키우면서 일도 병행하는 여자는 사정이 좀 더 나을까? 이 영화에 앞서 그해 여름 개봉한 윤가은 감독의 영화 〈우리집〉에서 초등학생 주인공 '하나'의 부모님은 매일 아이 앞에서 서로 윽박지르며 싸운다. 부부의 대사에 귀 기울여보면 하나의 엄마는 능력 있는 커리어 우먼으로서 맞벌이를 하지만 가사와 양육이 전적으로 자신의 책임이 되는 상황이 불만이다. 요리하는 것을 좋아하는 딸 하나가 직접 요리해 상을 차리면 '쓸데없는 부엌일' 하지 말라며 야단치는 것으로 미루어보아 그녀는 가사 노동에 대한 가치를 높게 보지 않는다. 여성인 나조차도 부수적이고 허드렛일로 여겨지는 그 일들이 전적으로 자신의 책임이 되어 그녀를 옥죄는 것이다.

'엄마는 위대하다'라는 뒷면에 늘 그림자처럼 따라다니는 '집에서 애나 보며 노는 여자' 혹은 '가사와 육아와 돈벌이까지 해야 하는 엄마'라는 그늘이 사라지지 않는다면 김지영처럼 우울한 엄마나 〈우리집〉 하나의 부모처럼 불행하고 싸우는 부부들이 점점 늘어만 갈 것이다.

엄마가 되면
아이 예쁜 걸로
다 견딜 수 있어

과연 여성은
엄마로 완전히 새로
태어나는 걸까요?

나 자신은 아이 없는 삶을 살기로 했으나 엄마가 된 여성들에 관한 이야기에는 무척 관심이 많다. 친한 친구들이 이제는 모두 아이 엄마들이기 때문이다. 그들과 계속 친밀한 관계를 유지하기 위해선 친구들의 이야기도 잘 들어주어야 한다는 생각이 우선이다. 그들 입장에 공감은 하지 못하더라도 이야기를 듣다 보면 그 입장을 이해하고 배려할 수 있겠거니. 하지만 엄마가 된 친구들의 이야기를 귀 기울여 들을수록 나와도 묘한 공감대가 생긴다.

이유를 곰곰이 생각해보니 그녀들은 아이가 생겼다는 사실 이외에는 변함없이 그녀 자신이었기 때문이다. 음악과 클럽을 좋아하던 친구는 아이가 잘 때 이어폰으로 숨죽여 EDM을 듣고, 사람을 만나는 것을 좋아하던 친구는 아이를 낳고 몇 달간은 외출을 하지 못해 결국 우울감을 겪는다. 그녀는 '살기 위해' 아이를 밤늦게 신랑에게 맡기고 30분이라도 친구들과 집 앞 카페에서 주기적으로 만났다. 직장에서 능력을 인정받는 것을 보람으로 삼았던 친구는 육아휴직을 다 쓰지 않고 직장에 복귀했고, 아기를 무척 좋아해 현명한 어머니로 살고자 꿈꿨던 친구는 육아라는 벽에 온몸을 부딪친 후 본인 자신으로 온전히 살기 위해 또 다른 꿈을 찾는 중이다.

엄마가 된 친구들과 일어나고 잠자는 패턴, 쇼핑할 때 사는 물건, 밥 먹으러 갈 때 고려하는 기준, 주말을 보내는 방식 등 많은 것이 달라졌다. 하지만 엄마라는 이름과 하루를 온전히 다 바치는 육아는 그녀들의 기질과 욕망까지 잠식하지는 못했다. 나는 아이를 낳지 않는 '별난 선택'을 함으로써 나 자신으로 살기 위해 사회적 편견과 끊임없이 싸우고 있다고 생각했다. 하지만 아이 낳은 여성들 역시 자신을 짓누르는 '엄마'라는 정형적인 틀 때문에 매일같이 갈등하고 선뜻 그에 갇히지 않으려 고군분투하고 있다는 생각이 들었다.

아이는 항상 모든 여성에게 축복일까? 육아가 아닌 자기 일에서 더욱 보람을 얻는 엄마는 나쁜 엄마일까? 세상과 격리된 채 내 아이와 둘이서만 하루를 보내는 게 우울하다면 비정상일까? 엄마 되기를 거부하는 나나 엄마가 되어서 번민하는 여자들을 보며 이런 의문이 스멀스멀 올라왔다. 이 의문에 다소 시원하게 대답해주는 드라마를 우연히 만났다. 바로, 넷플릭스 〈워킹맘 다이어리〉이다.

〈워킹맘 다이어리〉는 제목에서 유추할 수 있듯 캐나다 토론토에서 일하는 엄마들이 주인공인 드라마이다. 이 드라마가 흡입력이 뛰어난 것은 틀에 갇힌 뻔한 엄마의 이야기가 아닌 자아가 뚜렷한 '여성'의 이야기를 하기 때문이다. 여성이 엄마가 되어서도 얼마나 다양한 욕구를 가진 사람인지 솔직하게 드러내고, 엄마에 따라 육아를 보는 관점도 매우 다르다는 것을 이야기하고 있어 무척 흥미로웠다.

직장에서 재빠르게 유축을 하는 모습이나 출산 후 배우자에게 무뎌지고 심드렁해진 모습, 고된 육아로 산후 우울증을 심하게 겪는 모습, 원치 않은 셋째를 임신하고 끊임없이 절망하는 모습, 잃어버린 여성성을 되찾으려 모유 수유를 멈추고 가슴에 피어싱을 하는 모습 등 엄마가 된 여성들의 모습과 심리, 욕구를 극 중에서 숨김없이 다 보여준다. 재밌는 점은 분유 대신 모유가 더 좋다는 편견이나 맘에 드는 육아 도우미를 구하지 못해 결국 친정엄마에게 매달리게 되는(물론 엄청난 간섭이 동반하는 것도!) 일, 일하는 엄마들과 전업주부 엄마들 사이 묘한 신경전은 지구 반대편의 캐나다도 한국과 똑같다는 것이다.

사실 한국 이외 선진국이라 하더라도 워킹맘에 대한 사회적 배려나 시선은 생각보다 그리 열려있지도 않고 유연하지도 않다.

그에 대한 방증으로 이런 재밌는 드라마가 탄생한 건 아닐지. 자식에게 무한히 헌신적이고 희생적이라는 모성은 사실 여자들에게 요구되는 사회적 역할일 뿐이다. '자신의 모든 걸 내어주고 한없이 인내하며 오로지 자식의 성장만이 기쁨인 엄마'가 얼마나 허구인지 아이를 키우는 주변 여성들과 길지 않은 대화만 해봐도 금방 깨닫는다. 그래서 통념에 부합하지 엄마들의 이야기가 무척 통쾌했다.

한국에서도 최근 육아의 고충을 솔직하게 토로하는 웹툰이나 책이 꽤 많이 쏟아져 나오고 있다. 그렇지만 다양한 욕구를 가진 엄마 캐릭터를 대중문화에서 찾기란 여간 어려운 일이 아니다. 자식에게 한없이 헌신적인 엄마 아니면 육아 히스테리로 남편에게 바가지나 긁는 엄마 캐릭터가 아직까진 거의 전부라고 볼 수 있다. 이제는 〈워킹맘 다이어리〉 같은 웰메이드 외국 드라마를 우리 집 거실에서 감상할 수 있고, 엄마 됨의 고충을 솔직하게 말하는 엄마들이 많아지고 있으니 앞으론 우리 대중문화에서도 입체적이고 멋진 엄마 캐릭터들을 더 많이 만날 수 있지 않을까?

그래서 모든 걸 희생하지 않고 있는 그대로도 자식의 좋은 본보기라 여기는 엄마들이 이 땅에도 많아지기를!

지금은 편하지?
나중에 반드시
후회한다

이 시대 딩크 부부를
쉽게 설득할 수
없는 이유

0.98명. 2018년 국내 출산 성적이 공개된 뒤로 일주일 연일 저출산 관련 소식을 접했다. 같은 기간 하노이에서 북미정상회담이 개최되었으나 협의문 발표는 결렬되었다. 이를 두고 전문가들은 한반도의 운명을 희망에 걸어야 할지 절망에 걸어야 할지 의견이 분분했다. 그러나 저출산 문제 앞에서는 모두 한껏 목청을 높여 국가의 '위기'만을 말하고 있었다.

'저출산 시대'라는 거대한 문제에 당면한 사회 분위기상 '딩크'를 결심한 사람들의 의견은 좀처럼 존중받지 못한다. 부모 세대는 물론이고 같은 또래 집단에서도 아이 없이 살기로 한 부부의 의견은 자주 배척당한다. 장래의 후회와 외로움을 말하며 겁을 주는 것은 물론이고 나아가 불효라 비난하거나 국가적 위기의 원인으로 지목하는 사람들도 적지 않다. 그렇다면 나는 그런 사람들의 말을 듣고 겁을 먹거나 국가에 미안해하며 아이를 낳을까 고민한 적이 있을까? 애석하게 한 번도 없다.

아이를 낳아야 한다고 말하는 출산 강경론자들은 항상 우리에게 가르침을 주려고 한다. 육아는 정말 고행이지만 그로 인해 인간은 성숙할 수 있으며, 부부 사이는 더욱 단단해진다고. 무엇보다 지금 우리 부부가 추구하는 개인적인 사리사욕, 여가들, 느슨한 소비생활에서 얻는 즐거움은 아이를 성장시키며 얻는 보람과 기쁨에 비할 바가 아니라고 말한다.

'한때 나도 너희처럼 살아봐서 아는데', '나 역시 애가 없던 시절이 있어봐서 아는데'라는 인생 선배의 위치를 늘 고수한다. 하지만 그들이 간과한 사실 하나가 있다. 그들의 말에 따라 아이가 있어 보지 않은 우리는 아이가 주는 즐거움을 상상할 수 없다는 것. 그래서 그 즐거움을 모르는 우리는 그것으로 절대 설득되지 않는다는 것이다. 다이어트의 가장 큰 실패 원인은 바로 '내가 아는 그 맛' 때문이지 않던가. 나는 현재의 만족과 행복을 내가 모르는 어떤 맛 때문에 포기하고 싶지 않다.

아이 키우는 즐거움으로 설득을 실패한 출산 강경론자들 역시 좀처럼 포기하지 않는다. 이제는 누구도 예측 불가한 미래를 두고 우리를 위협한다. 나이 들어도 지금처럼 여행하거나 일상을 즐기며 사는 것은 한계가 있을 것이라 말하거나 배우자가 먼저 죽고 홀로 남겨질 처지를 생각해보라 말한다. 사실 이 정도면 그나마 우리를 생로병사 겪는 사람으로 봐주고 있다는 생각이 든다.

여자인 내게 “남자는 다르다. 결국 제 아이 낳아주는 여자 찾아서 간다”라거나 “남자들은 번식 욕구가 본능이라서 애가 없으면 언젠가 바람을 피운다”는 말을 스스럼없이 말하는 사람도 있으니 말이다. 그런 사람에게는 내 남편뿐 아니라 자신의 남편마저도 이성을 거세당한 수컷 정도로 보이는구나라는 느낌을 받는다.

미래의 상황과 인간의 외로움에 완벽히 대처할 수 있는 사람이 몇이나 있을까. 단연코 아무도 없으리라 생각한다. 알 수 없는 미래에 대한 불안으로 사람은 자녀를 낳기도 하고, 돈을 모으기도 하고, 무엇이 되려고 노력도 하는 게 아닐까. 사실 아이를 가진 사람들이라 하여 모두 노후를 낙관하며 사는 건 아니다. 미래에 대한 불안과 고독은 인간이라면 누구나 두려워한다. 자녀 유무와 상관없는 일을 가지고 마치 아이가 없는 사람들만 겪는 일인 듯 겁을 줄 일이 아니라는 것이다. 그래서 미래에 대한 두려움은 나에게 출산을 해야 하는 이유가 되지 못한다.

무엇보다 딩크 부부들은 출산에 관해서라면 서로 무수히 많은 이야기를 나눴을 것이다. 자연의 섭리로 여겨지는 출산과 양육을 두고 의문을 가진 사람들이기 때문이다. 미성숙하고 치기 어린 자들이라고 여기기엔 그 누구보다 행복한 인생에 대해 진지한 고찰을 했을 것이다.

그러니 지금 우리가 가지지 않은 종류의 행복을 알려주려 애쓸 필요 없다. 단지 지금의 행복과 일상을 지키려는 우리는 남들이 가진 행복마저 탐나지 않기 때문이다.

피임은

제대로 하니?

부모님과

섹스에 대해

말하고 싶지 않은 이유

예상치 못한 말이었다. 산다는 것은 늘 뒤통수 맞는 일의 연속이라지만 피 섞인 어른의 입에서 '피임'이라는 단어를 다 들을 줄이야. 내가 결혼한 지 일 년 정도 되었을 무렵 "너네 혹시 피임하니?"라는 질문이 어느 날 훅 들어왔다.

"피임 함부로 하지 마라. 그러다가 진짜 아이 갖고 싶을 때 안 생겨."

놀랍기도 했다. '피임'이라는 단어를 어른들이 입 밖으로 꺼낼 때도 있구나. 이 단어를 알고 있기는 하셨다는 게 새삼스럽게 다가오기까지 했다. 다소 기이한 경험을 한 것 같아서 친구들에게 경험담을 조심스레 고백하니 의외로 많은 이들이 새삼스러운 일도 아니라는 반응이었다. 나는 그 얘기를 시어머니에게 들었다, 아빠나 시아버지 같은 남자 어른들도 "노력은 하고 있니?"라고 물으시더라, 심지어 아들이나 딸을 가지는 비법을 아주 자세히 전수해주시기도 하더라 등등. 생각보다 많은 부모 혹은 일가 친인척들까지 결혼한 자식의 성생활에 대해 거침없이 묻고 관여하는 이야기를 들을 수 있었다. 당연하지만 다들 그런 간섭에 대해서는 몹시도 불편해하고 있었다. 내가 느꼈던 생경함을 그들도 느낀 것이다.

아이를 만들라고 닦달하는 부모님에게 정작 '아기는 어떻게 만들어지는지' 구체적인 이야기를 그 누구도 듣지 못했다. 엄마는 내가 초등학생 시절에 텔레비전에서 해주던 〈구성애의 아우성〉이라는 프로그램을 녹화해주고 그걸 보라고 했다. 구성애 선생님에게 전적으로 교육의 권한을 맡긴 것으로 엄마로서의 소임은 다 했다고 여기는 것 같았다. 반면 아빠는 조금 더 적극적이었다. 아빠는 초등학생 고학년이 된 남동생과 중학생인 내게 뜬금없이 성교육을 한다며 우리 둘을 앉혀두고, "남자랑 여자는 손을 잡으면 안 돼. 일단 손을 잡으면 그 뒤로 남녀 사이에 책임질 수 없는 많은 일이 일어나! 그러니 절대 남자나 여자아이들하고 손도 잡지 마라. 명심해! 아직은 아니야!"라고 말했다. 이 기억들이 내가 가정에서 받은 성교육 전부였다. 정말 이상했다. 삼십 년 넘게 '아이가 만들어지는 과정'에 대해서는 먼 산보며 함구하시던 분들의 입에서 다 건너뛰고 "피임하지 마"라는 말이 나왔다는 것이 말이다. 결혼한 자식들의 성생활을 부모가 이래라저래라 간섭할 수 있는 것이라면 왜 자식들에게 성 지식에 대해서는 가르쳐주지 않은 걸까?

사실 부모님들은 자식들에게 '성'에 대해서는 아무것도 알려주지 않았지만, 꾸준히 통제하고 간섭하고는 있었다. 결혼하지 않은 자식들의 성생활은 '하지 말아야 할 것'으로 취급했다. 고등학생 시절, 야한 영상을 컴퓨터에 잔뜩 깔아둔 남편을 발견한 시아버지가 "너 이런 것 좀 그만 봐라"라고 호통을 친 적이 있었단다. 당시 어렸던 남편은 민망함에 고개를 푹 숙이고 기어가는 목소리로 "잘못했어요"라고 말했단다. 부모님에게 성교육을 받은 경험조차 떠올리지 못한 남편이 처음이자 마지막으로 아버지와 성에 관해서 이야기했던 경험은 그렇게 죄스러운 기억으로 남아있다.

한 가정에서 '딸'로 산다면 성에 대한 통제는 더욱 긴 기간 동안 구체적으로 이루어진다. 아주 이른 통금시간에 얽매이는 것은 기본이고, 숙박해야 하는 여행이라면 절대 부모님에게 허락받지 못하고, 남자친구와 데이트를 하러 갈 때 옷차림까지 엄마에게 검열당하는 일은 부지기수이다. 남자친구와 첫 경험을 가졌던 여자들이 가장 먼저 '엄마에 대한 미안함과 죄책감'이 들었다고 털어놓는 경우가 많다. 그 감정의 근원은 결혼하지 않았다면 성은 아직 알 필요도 없는 것이고, 결혼하지도 않고 저지르는 성관계는 있을 수 없다는 가정에서의 암묵적인 규칙에서 비롯되는 것이 아닐까 한다.

결혼한 자식들의 성생활은 부모에게 기꺼이 '공유할 수 있는 것' 이어야 한다. 결혼한 부부의 성생활은 한 가문의 구성원을 만드는 일과 직결되는 것으로 취급되기 때문이다. 결혼하고 시간이 조금 흘렀음에도 아이가 없다면 '가족 계획'의 명목으로 얼마나 노력을 하고 있는지 소상히 밝혀야 한다. 피임은 언제까지 할 건지, 성관계를 하고 있음에도 왜 아이가 생기지 않는 건지, 성관계를 소홀히 하는 건지, 둘 중 누구의 성 기능이나 생식 능력에 어떤 문제가 있는 건 아닌지 등등. 부모님뿐만 아니라 집안의 어른들이라면 너무 가볍게 툭 물어보고 가는 일이 되어버리는 것이다.

결혼 이전의 자식의 성생활은 금기시 취급되거나 부정적인 것으로 인식이 되지만 결혼 이후의 자식의 성생활에는 갑자기 의무와 부담까지 주어지게 된다. 이러한 간극에서 혼란을 느끼는 동안 성관계는 사랑을 표현하는 하나의 수단이며, 한 명의 개인으로서 누릴 수 있는 즐거움이라는 인식은 쉽게 간과된다. 성관계는 남녀 사이에 매우 사적이고 내밀한 일이다. 하나의 생명이 탄생할 수 있는 행위이기도 한 동시에 한 사람의 인격과도 관련된 일이기 때문에 누구도 이걸 통제할 권한도 없고, 누군가가 알고 있어야 할 정보도 아니다.

이미 어른이 되어버린 자식은 성에 대해서 감추려고만 하거나 다른 이에게 교육의 책임을 떠밀었던 부모와 그런 주제로 이야기를 나누는 것이 영 어색하다. 그동안 성관계에 대한 부정적인 인식만 열심히 심어주다가 결혼하고 나서는 오직 아이를 낳기 위해 피하지 말아야 할 것이 되어버리다니. 섬세한 존중과 재미난 즐거움이 빠진 섹스 이야기는 아무하고도 나누고 싶지 않다. 절대.

아이는 태어날 때
제 밥그릇
차고 나온다

과연 내 자식이
나보다 더 나은 세상에서
살 수 있을까요?

한동안 고위 공직자들의 자녀 취업 비리와 명문대 입학 특혜 의혹으로 떠들썩한 시간을 보내야 했다. 이 과정에서 다시금 재소환된 한 편의 드라마가 있었다. JTBC 〈SKY 캐슬〉이 바로 그 주인공이다. 한국의 현재 입시전형과 사교육 행태를 꼼꼼하게 취재해 적나라하게 극화하여 보여준 그 드라마를 보면서 이런 생각이 들었다.

'상류층은 더 나은 삶을 위해서라기보단 현재 그들의 수준을 유지하기 위해 무슨 방법이든 동원하는구나.'

그 드라마에서 가장 중심이 되는 '예서'가 의대에 들어가야 하는 목적은 단순히 의사가 안정적인 전문직이라는 이유만은 아니다. '3대에 걸친 가업'을 유지하기 위해서 예서는 반드시 의사가 되어야 했다.

이 지점이 바로 〈SKY 캐슬〉 이전의 사교육 드라마와 이 드라마를 구분 짓는 지점이다. 그 이전의 사교육 드라마들의 부모들은 자식들을 나보다 나은 삶을 살게 하려고 공부를 시켰다. 반면 〈SKY 캐슬〉에서는 상류층들이 자신의 입지를 더욱 견고히 다지기 위해 자식들을 공부시킨다. 그것도 그들의 온갖 자금력과 시간을 쏟아부어서 말이다. 이 드라마가 소환된 까닭도 현실과 바로 이 지점이 일치하기 때문은 아닐까 싶다.

그렇다면 우리 부부가 자식을 낳게 된다면 어떨까? 둘이 이 사건을 계기로 다시금 우리 자식 세대의 교육 문제를 이야기해보았다. 남편은 분당에서 초등학교부터 고등학교까지 나왔다. 분당에서도 좋은 학교라고 불리는 고등학교를 나왔다. 나는 지방에서 10대 시절을 보냈다. 그 시절 우리 지역은 전국에서 몇 안 남은 비평준화 지역이어서 나는 중학생 때부터 열두 번의 피 말리는 시험 과정을 통과했고, 그 지역에서 나름대로 명문이라고 불리는 고등학교를 졸업했다.

지금 우리 부부가 자식을 낳아 당시 우리가 살던 동네에서 내가 누린 환경만큼이라도 살게 해줄 수 있을까? 둘이 입을 모아 절대 불가능하다는 말이 제일 먼저 튀어나왔다. 가장 큰 문제는 역시 집값이었다. 남편이 다니던 고등학교가 있는 동네는 오래된 아파트임에도 불구하고 매매가로 치면 최소 6억부터 시작이고, 내 고향 지역의 현재 가장 좋은 학군의 아파트 매매가 역시 최소 4

억부터 시작이다. 아파트는 융자를 얻어서 어떻게든(이번 정부에서 부동산 정책을 바꾸는 바람에 융자도 안 나올 가능성이 크지만) 마련할 수 있다고 해도 교육비는 어쩔 셈인가. 둘이 끌어올 수 있는 수입의 최대한을 따져 봐도 우리가 누린 만큼의 환경을 자식에게 제공해주겠다는 생각은 과욕이며 언감생심이었다.

'뭘 굳이 그렇게까지 공부를 시키려고 해?'라는 시선이 있을지도 모르겠다. 내가 말하고 싶은 건, 우리 자식 세대에게 부모가 살아온 만큼의 환경이라도 유지해 주는 것이 매우 힘들게 되었다는 것이다. 10대 시절을 치열한 학군에서 경쟁하며 살아온 우리 부부도 지금 이 정도 살고 있는데, 우리보다 더 적은 자원으로 살게 될 가능성이 큰 자식 세대는 앞으로 어떻게 살아야 할지 솔직히 감이 잘 안 온다.

게다가 우리는 결혼할 때 호기롭게 양가 부모님께 독립을 외치며 나왔다. 하지만 자식을 낳게 되면 실상 우리 부모 세대의 희생 없이 우리가 온전히 자식에게 해줄 수 있는 것은 극히 제한적이다. 요새 아이들은 '아이 할아버지의 경제력, 아빠의 무관심, 엄마의 정보력'으로 큰다는 말을 우스갯소리로 넘겼는데 실상은 절대 웃지 못할 서늘한 이야기였다.

상류층이 그 자식들로 뚫을 수 없는 계급의 벽을 단단히 다지는 동안 나는 과연 자식에게 '열심히 하면 온 세상이 나서서 너를 도울 거야'라는 희망적인 말을 해줄 수 있는 부모가 될 수 있을까.

아무리 생각해봐도 나는 자신이 없다.

너의 이기심이

한국을

망하게 할 거다

임신과 출산,

선택인가요,

필수인가요?

엘사와 안나의 다음 이야기를 기다린 지도 어언 6년, 드디어 〈겨울왕국 2〉가 개봉했다. 개봉 첫 주에 영화관에 달려가 남편과 즐겁게 감상했다. 전편보다 깊어진 메시지에 감명하면서 영화에 대한 다양한 해석을 찾아보던 중 〈겨울왕국 2〉가 다소 엉뚱한 논란에 휩싸이고 있다는 걸 알게 됐다. 전체 관람가인 디즈니 애니메이션 영화를 두고 한 언론사가 '노키즈존 찬반 여부' 투표를 진행한 것이다. 대중들의 반응은 순식간에 불이 붙었다. 대부분의 사람은 노키즈존 관람관 운영에 찬성표를 던졌다.

바로 직전 나는 영화 〈82년생 김지영〉을 보고 브런치에 '왜 유독 80년대생 엄마들은 힘든가'에 관하여 글을 썼다. 그 영화도 보고, 내 글을 읽은 누군가는 이렇게 반응했다.

"그러게, 누가 낳으래? 자기가 선택한 길이면 스스로 책임져야지. 왜 남들이 먼저 알아서 배려해주길 원하는 거지?"

몇 년째 이어져 오는 노키즈존 논쟁도, 임산부 배려석에 대한 문제도, 육아의 고충을 토로하는 여성들에게 '무책임하다'는 식의 비난도 결국 '임신과 출산은 개인의 선택'이라는 근원으로 귀결된다. "애초에 임신과 육아가 힘든 것도 모르고 낳았느냐, 모든 고충을 알면서도 육아가 주는 행복을 누리기 위해 선택한 것이 아니냐? 그런데 왜 애먼 사람들에게 힘들다고 배려해달라고 징징대느냐?"는 말을 꽤 빈번하게 들을 수 있다.

나는 아이 없는 삶을 자처한 기혼 여성이다. 나야말로 그 누구보다 "임신과 출산은 선택"이라는 말을 힘주어 하고 다닌다. 나와 같은 가치관을 가지고 있는 사람들, 생각을 숨기지 않고 기꺼이 말로 내뱉고 다니는 사람들이 점점 많아지기 때문에 임신과 출산은 언뜻 선택인 것처럼 '보인다'. 그 착시효과의 부작용을 아이를 가진 엄마들이 다 감당하고 있다.

"임신과 출산은 개인의 선택"이라는 말이 착시효과에 불과한 이유는 임신을 거부하는 내가 저 말을 하면 즉시 "임신과 출산은 여자라면 누구나 해야 할 일"이라는 말이 따라붙기 때문이다.

여기서 그치지 않는다. 저출산의 주범은 국가에 대한 의무를 제대로 이행하지 않는 이기적인 여자들 때문이야, 한 달에 한 번씩 임신을 준비하는 몸을 가진 여자가 출산하지 않는 건 자연의 섭리를 거스르는 일이야, 젊을 때 즐길 거 다 즐기다가 내 자식들의 세금으로 연금 받을 딩크 부부들을 생각하면 내 새끼가 불쌍해서 피눈물이 난다는 식의 말로 마음을 얻어 맞는다.

“개인의 자유”를 이야기하면 “국민으로서의 의무”나 “여성으로 이 땅에 태어난 책임” 등 각종 공적인 의무들을 가져다 대며 내 입에 족쇄를 달려 한다. 그러나 막상 “약자에 대한 공동체의 배려”를 이야기하는 엄마들에게는 나 같은 사람들을 가리키면서 “이제 임신과 출산은 개인이 선택할 수 있는 일이니까 네가 알아서 감당해”라니.

내가 말하는 ‘임신과 출산의 자유’는 내 몸을 나의 의사대로 쓸 권리, 내가 원하는 삶을 간섭받지 않고 추구할 권리라는 맥락에서 쓰는 말이다. 아이와 임산부에게 자리를 내어주지 않기 위해 근거로 드는 말이 아니다.

나는 〈겨울왕국 2〉를 주말 늦은 저녁 시간에 봤다. 그런데도 완전히 쾌적한 상태의 관람은 하지 못했다. 잠을 자지 않고 극장에 따라온 어린아이 관객 때문이 아니라 훨씬 앞 좌석에 앉은 사람이 수시로 핸드폰을 들여다보는 바람에 시야를 방해받은 것이다. 핸드폰에 의한 관람 방해로 고통을 호소하는 관객들이 매우 않다. 그러나 영화 관람 시간 동안 휴대폰을 잠시 꺼두는 것을 좀 더 강하게 제재하거나 휴대폰을 잠시 반납하자는 의견은 아무도 공적으로 내지 않는다.

전편보다 성숙해진 엘사와 안나가 주는 메시지는 공동체 회복과 종족을 뛰어넘는 사랑, 화합이었다. 이 아름다운 메시지를 가진 영화를 둘러싼 역설적인 논란들이 어쩐지 더 서글프게 다가온다. 이중적인 기준에 갇힌 여성들을 보는 것처럼 말이다.

너는

아이를

싫어하는구나

아이를 좋아한다는

이유만으로

낳아 기를 수 있나요?

우리가 부부로 연을 맺기 이전, 아니 연인도 되기 이전이다. 세상에 처음 서로의 존재에 대해 알게 된 지 얼마 되지 않았을 무렵이었다. 같은 나이임을 알았음에도 불구하고 어색하게 존대어를 쓰던 우리 사이를 단박에 무장해제시킨 사진 한 장이 있었다. 바로 남편이 키우던 강아지 사진이었다. 스터디 멤버들의 단체 채팅방을 개설하고 보니 남편의 프로필 사진이 강아지 사진으로 등록이 되어 있었다. 그 무렵 털과 눈동자마저 하얗게 센 노견을 키우고 있던 나는 까맣고 어린 강아지 사진을 보고 "얜 이름이 뭐야?" 말을 건넸다. 그 한마디에 오히려 우리는 서로의 이름을 더 정확히 알 수 있었다(어쩌다 보니 강아지의 이름과 내 이름이 신기하게도 비슷하다. 이 책이 에세이가 아니라 소설이라면 이것이 '복선'일 텐데).

강아지를 키운다는 것. 당시 삶의 궤적이 좀처럼 일치하지 않았던 우리 부부의 몇 안 되는 공통점 중 하나였다. 나의 열네 살 겨울, 나는 점퍼 깊숙이 넣어 데리고 온 강아지가 열네 살이 되어 생을 마감할 때까지 키웠고, 남의 집을 전전하던 강아지 한 마리를 데리고 와 같이 키웠다. 그리고 훗날 제 친구 옆에 잘 묻어주었다. 내 눈을 단숨에 사로잡은 남편의 강아지는 여전히 제집에서 깡충깡충 뛰어놀고 있다. 그 강아지의 '제집'이 이제 나에게는 '시집'이 되었다.

우리 부부는 굉장한 애견인이다. 둘 다 강아지를 오랫동안 키운 경험이 있고, 틈만 나면 귀여운 강아지 유튜브 채널을 공유해서 킬킬거리며 본다. 하지만 우리는 강아지를 키우지 않는다. 앞으로 키울 계획조차 없다. 강아지를 키워본 사람들이기 때문에 현재 우리를 둘러싼 환경이 강아지를 키우기에 자격 미달이란 걸 잘 알기 때문이다. 우리는 하룻낮을 통째로 집을 비우는 맞벌이 부부에다가 주말마저 외출하는 일이 잦다. 집도 세대원들이 옹기종기 모여 사는 빌라여서 소음에도 취약하다. 당연히 강아지가 뛰어놀 수 있는 마당 딸린 집도 아니거니와 가까운 거리에 산책하기 좋은 큰 공터가 있지도 않다.

우리의 욕심으로 하루 반나절 넘게 강아지를 외로움에 방치해 둘 수 없었다. 그렇다고 강아지를 키우기 위해 한 사람이 일을 그만두는 것은 더욱 상상하기 힘든 일이다. 주말에 강아지와 함께 외출하려면 강아지가 갈 수 있는 식당이나 인프라가 갖추어진 여행지를 가야 하는데 애견 동반 시설들이 턱없이 부족하다. 결국 주말에 갈 수 있는 곳은 매우 한정될 텐데, 우리 둘 다 그 상황을 꾸준히 인내심 있게 감당할 자신이 없었다. 강아지를 예뻐하는 것은 손으로 몸통을 쓸어주는 것만으로 표현할 수 있다. 그러나 강아지를 키우는 것은 먹이를 챙겨주고, 씻겨주고, 배변한 것을 치우고, 매일 산책시켜주고, 외롭지 않은지 항상 신경 쓰고, 어딜 가나 데리고 다니는 일을 의미한다. 한 생명을 단순히 예쁘고 좋아한다는 이유만으로 키울 수는 없다.

아이를 키우는 일도 마찬가지다. 육아는 아이를 좋아한다는 이유만으로 가능한 일이 아니다.

이런 나의 심정을 가장 잘 이해해주는 친구 부류는 바로 "이제 내 인생에 임신은 절대 없어!"라며 외동아이를 키우는 엄마들이다. '외동맘'들은 아이를 키우고 있긴 하지만 무수히 많은 이들이 가하는 '임신 압력'에서 벗어나지 못한다는 점에서 일단 나와 공감대가 형성된다.

집에서 나가지 않으려는 아이와 한차례 씨름 끝에 겨우 시댁에 도착해 자리에 앉았는데 대뜸 "둘째 아이는 언제 낳을 거니?" 묻는 시어머니, 집에서 먼 거리에 있는 직장에 출퇴근한다는 이유로 육아에서는 손을 슬쩍 빼면서 "나도 딸 가지고 싶어~" 아내를 보채는 남편, "제수씨, 아빠가 이렇게 원하는데 눈 딱 감고 둘째 아이 좀 낳아줘요~" 보채는 남편의 친구들, 출근길에 아이 유모차 밀면서 부랴부랴 등원 시키는 와중에 "아이가 하나예요? 외롭겠네. 엄마, 둘째 낳아서 형제 만들어줘요~"라고 툭 던지는 웬 행인까지…. 그들 주변에도 곳곳에 '오지랖 지뢰'들이 널려 있다.

제 아이가 무척이나 사랑스럽고 예쁘다는 것을 누구보다 잘 알지만, 이 아이를 무사히 어른으로 성장시키기 위해서는 제 살을 깎는 정도의 자원 투입과 양육자를 적극적으로 지원해주는 환경적인 요인들이 모두 받쳐줘야 가능한 일이라는 걸 제일 잘 아는 사람들도 '엄마들'이다. 다른 사람들 입에서 불쑥 튀어나오는 '둘째' 이야기가 달갑지 않게 들리는 것은 한 가정에 한 아이에게 투입되는 체력과 시간, 비용조차 버거운 상황을 맞닥뜨리고 있기 때문일 것이다. '어떻게든 닥치면 하게 되는 것이 육아'라지만 나는 내 직업, 직장, 미래 계획까지 모두 어떻게 흔들릴지도 모른 채 불확실한 상황으로 뛰어들 자신이 없다.

몇 해 전, 친정 엄마가 임신한 고양이를 거두었다. 고양이는 엄마 가게 창고에서 제각기 다른 외양을 가진 어여쁜 새끼들을 무사히 출산했다. 새끼 고양이들은 이내 눈을 뜨고 혼자 걷고, 저희끼리 잘 놀고, 배고프면 어미에게 깡충깡충 뛰어가 젖을 먹었다. 재미있는 건, 이 고양이가 첫 출산을 한 뒤로 계속 창고로 와서 새끼를 출산한다는 것이다. 이 고양이가 낳은 새끼 고양이들이 건강하게 클 수 있던 까닭은 길거리가 아닌 따뜻한 공간에서 추운 바람과 사람들의 위협을 피할 수 있고, 어미 고양이도 엄마가 챙겨주는 고양이 사료와 간식으로 적당한 양분을 제때 섭취할 수 있는 환경이 만들어져서가 아닐는지. 그래서 어미 고양이도 안심하고 이곳에 들러 출산을 반복하는 것이 아닐까 한다.

나서부터 혼자 걷고 뛸 수 있어 비교적 어미의 손길이 크게 필요하지 않은 고양이 새끼들도 무탈하게 자라기 위해선 최소한의 환경이 갖추어 주어야 한다. 하물며 가장 오랫동안 사람들의 정성스러운 손길이 필요한 인간의 아이들은 어떨까!

아이는

부부를 연결해주는

유일한 끈이야

끈 역할을 하는

아이의 입장에서

생각은 해봤나요?

남편은 외동아들이다. 한 가정에 두 명의 아이도 다자녀라 불리는 지금 시대에 외동아이는 흔하게 볼 수 있지만, 내 또래에 형제 없는 외동아이는 그리 흔한 존재는 아니었다. 당연히 남편은 어려서부터 한집에 살던 어른들의 모든 관심과 애정을 한껏 받고 자랐다. 집에서 남편의 역할은 그 세대의 유일한 장남일 뿐만 아니라 아버지를 이을 차기 가장 그리고 어른들의 소통 창구였다. 어른들의 의사 소통 대부분이 남편을 중심에 두고 이루어졌다.

어린아이였던 남편의 일상은 퇴근한 부모님과 낮에 육아를 담당한 할머니의 가장 주된 대화 주제였다. 청소년 시기에 접어든 뒤로는 직접 어른들의 사이를 조율하는 역할까지 맡았다. 특히 30년을 넘게 같이 사는 동안 서로 천성이 너무 다른 사람이란 사실을 깨달은 할머니와 어머니 사이에서 남편은 두 사람의 말을 전달하는 전달자였다. 전달자 역할을 하기 전, 말을 '듣기 좋은 소리'로 순화시키는 조정관 역할까지도 그의 몫이었다.

지금도 남편의 역할은 줄지 않았다. 남편과 내가 둘이서 시댁에 방문하게 되면 할머니는 종종 이런 말씀을 하신다.

“너네가 오니까 비로소 어른들끼리 대화도 하고 좋구나. 너네같이 젊은 사람들이 없으면 아무도 말을 안 하니 집안이 너무 적막해. 그러니까 앞으로 자주자주 좀 와라.”

나는 그 말씀을 듣고서야 불현듯 깨달았다. 남편이 나와 결혼하기 전, 왜 본인이 빠지게 될 집안을 걱정하며 노심초사했는지. 왜 본인이 없으면 집안에 큰 갈등이 일어나지 않을까 불안해했는지. 남편은 자식으로서 부모님 혹은 어른들 사이를 유일하게 연결해주는 끈이라는 역할에 적지 않은 책임감을 가졌던 것이다.

나도 마찬가지다. 엄마는 아빠와 다투거나 아빠에게 서운한 감정이 드는 날에는 “자식 하나 보면서 사는 거지”, “자식들이 있으니까 참고 사는 거지 뭐”라고 내게 말했다. 엄마의 감정에 비교적 무심하게 반응하는 남동생에 비해 정서적으로 가까운 딸이자 첫째이기도 했던 나는 엄마의 말에 ‘내가 엄마에게 아빠가 채워주지 못하는 행복함을 주어야 하는구나’, ‘내가 엄마한테 가장 잘해줘야 하는구나’ 무거운 무게감을 느꼈다.

대학생이었던 이십 대의 어느 무렵, 그때부터 결혼해서 아이를 낳고 사는 삶에는 별 흥미가 없었던 나는 엄마에게 이런 속내를 슬쩍 털어놓은 적이 있다. 엄마는 펄쩍 뛰며 말했다.

"아이가 없으면 나중에 남편이 서운하게 할 때 그 섭섭함을 누구랑 나눌 수 있겠니?"

엄마는 남편도 나를 속속들이 이해 못 하는 타인이고 결국 내 안에서 나온 혈육이 진짜 내 편이라 여겼다. 내 편이 주는 힘으로 삶도 가정도 지킬 수 있는 것이라고 말했다. 고등학생 때였으면 엄마의 이런 말에 순순히 고개를 끄덕였을 텐데, 어느덧 이십 대 중반을 넘어가고 있던 나는 묘한 반발심이 들었다.

'엄마는 정말 하소연할 때 편 들어줄 사람이 필요해서 나를 낳은 건가? 나는 엄마 아빠의 원만한 관계를 위해 존재하는 건가?' 스무 살부터 자취를 시작해 내가 집을 떠난 지 5년쯤 되고 나니 비로소 보이기 시작했다. 그 집에서 부여되었던 많은 내 역할들이, 내가 해결해야 할 일이 아님에도 해결하기 위해 부단히 노력했던 '부모님의 일'들이.

가정의 최소 단위는 연인으로 만나 부부가 된 두 사람이다. 하지만 아이가 태어나면 자연스레 가정의 무게 중심은 아이에게 옮

겨간다. 아이의 작은 손짓 발짓이나 아이가 세 끼 챙겨 먹은 음식만으로 부부의 하루 대화 량을 다 채울 정도라니 말이다. 아이의 어마어마한 존재감은 가정 안에서만 머물지 않는다. 대외적으로 아이 이름이 한 가정의 이름으로 불리고, 부모는 자신의 이름 대신 아이의 이름을 따 'OO 엄마, OO 아빠'로 불린다.

이처럼 가정에서 아이의 존재감이 커질수록 아이가 느끼는 책임감과 부담감도 같이 증가한다. 엄마와 아빠가 다투고 난 후 냉정한 기류를 다시 데우는 건 언제나 내 몫이었다. 더 이상 감정 상하는 사람이 없도록 눈치껏 행동해야 했고, "자식을 봐서 내가 참는 거지"라는 말을 듣고 적당히 모른 척해야 했고, 두 사람 입장을 각자 대변해주는 역할을 하다가 언제쯤 부모님이 화해할까 마음 졸여야 했다. 싸운 건 부모님이고, 두 당사자가 해결해야 하는 문제 앞에서 가장 분주한 건 나였다. 그 문제를 풀어야 할 사람은 나인 줄 알았다.

부모 입장에서는 둘의 관계가 위태로울 때마다 그 사이를 다시 조여주는 끈 역할을 자식에게 바랐을지 모른다. 하지만 자식 입장에선 내가 부모 사이를 잇는 끈인지 아니면 옭아매 구속하는 줄인 지 혼란스럽다. 나로 인해 엄마 아빠가 어쩔 수 없이 결혼생활을 '연명'한다는 그 느낌 때문에 말이다.

자식이 있어야 부부는 갈라설 위기를 여러 차례 넘길 수 있다고 말하는 사람들이 적지 않다. 부부 사이를 연결해줄 수 있는 강력한 끈이 자식이라며. 그 끈이 존재하지 않는 부부는 세월이 흐를수록 관계가 느슨해질 수밖에 없다며. 하지만 불안정한 부부 관계의 출렁임 한 번에 온 세계가 흔들리는 아이의 불안을 신경 쓰는 사람은 몇이나 될까? 어른들의 냉담에 혹여 가정이 깨질까 안절부절못하던 아이에게 "우리 괜찮아. 그리고 미안해"라며 말을 건넨 어른은 얼마나 될까?

자식을 중간에 끼지 않고 좀처럼 소통하지 못하는 어른들을 보면서 책임감을 느껴야 하는 건 자식이 아니라 그 윗세대의 어른들이다. 그동안 아이라는 관심사 이외에 서로에게 온전히 관심을 기울이지 못했다는 것과 관계 개선에 소홀했음을 인정해야 한다. 그 역할을 자식에게 슬쩍 미루어 왔음을 미안하게 여겨야 한다.

"네가 자주 오지 않으니 집안 분위기가 삭막하다", "네가 없으니 엄마 아빠 사이에 대화가 거의 없다"는 식의 말들은 성인이 된 자식조차 좁은 집 한편에 꽁꽁 묶어 두는 말이다. 자식은 집 밖의 너른 세상에서 누릴 수 있는 자유를 즐길 새도 없이 집 안에 산더미처럼 쌓여있는 책임들을 생각할 것이다. 내가 태어나자마자 엄마 아빠의 이름은 지워버리고 내 이름을 달아놓은 그 숙제들에 대해서 말이다.

자식은 부부나 집안 어른들의 유대를 돈독하게 만들어 줄 수 있다. 혈육이라는 상징성과 어린아이 특유의 재롱과 귀여움으로 말이다. 그러나 자식은 어른들의 유대를 돈독히 다지기 위해 존재하는 건 아니다. 설령 부모가 그 기대를 하고 자식을 낳았더라도 말이다. 사람은 누구도 타인의 행복과 만족을 위해 존재하는 게 아니다.

여자 직업으로는
공무원이랑 교사가
최고다

만일 아이가 없어도
그 직업이 여자한테
가장 좋은 선택일까요?

나는 법학과를 졸업했다. 법학과에 들어가기 전, 그러니까 고등학생이던 나는 어떤 과가 적성에 맞을지 매일 심각하게 고민했다. 언어 영역 문제집을 푸는 중, 시 문학 지문으로 나온 만해 한용운의 〈사랑의 측량〉이라는 시가 너무나 아름다워서 문제 풀기를 잠시 멈추고 다이어리에 꾹꾹 눌러 담아 썼다. '세상에, 우리 문학이 이렇게 아름답다니. 국문학과에 가서 나도 읽고 쓰고 싶어!'라는 생각을 두어 달 정도, 현재의 흐름과 이어지는 근현대사 공부를 하다가 너무 재미있어서 사학과에 가고 싶다는 생각을 또 두어 달 정도 했다. 부조리함이 널려 있는 사회에 조금씩 눈을 떠가면서 이 땅에 정의를 구현하고 싶단 생각으로 법학과에 가고 싶다는 생각이 들기도 했다. 상상 속에서 다양한 학과와 직업으로 사는 것은 수험 생활의 몇 안 되는 즐거움 중 하나였다.

하지만 선생님이나 혹은 어른들과 상담을 하다 보면 늘 석연치 않은 대답이 돌아왔다. "사실 과는 중요하지 않아. 일단 점수에 맞춰 더 괜찮은 학교에 들어간 다음 거기서 전과를 해도 늦지 않아. 지금부터 고민 말고 일단 모의고사 점수부터 넉넉하게 올려

놓는 데 집중하자." 공부 의욕이 파스스 사라지는 대답이었다. 뚜렷한 청사진도 없이 그저 높이, 더 높이 올라가야 한다니. 하지만 그것보다 속을 더 콱 막히게 하는 말이 있었다.

"어차피 여자 직업으로는 공무원이랑 교사가 최고야. 무슨 과를 가도 상관없다. 국문과나 사학과 가서 교직 이수하거나 법학과 가서 공무원 준비하면 되니까"라는 말. 내가 무엇을 좋아하는지, 어떤 성향인지, 무슨 일을 하고 싶은지는 전혀 묻지도 않고 '여자'인 내 미래는 이미 답이 정해져 있다는 식의 말. 도대체 그 직업이 왜 좋은 직업이냐고 물어보면 '아이를 낳고도 계속할 수 있는 일'이라는 답변이 돌아왔다.

당시 여고였던 우리 학교 교훈 첫머리는 "가정에서 훌륭한 어머니"로 시작했다. 이 학교는 자애로운 모성과 고아한 덕을 갖춘 아름다운 여성으로 기르는 곳이라나. '아이를 낳고도 계속할 수 있는 일'이라는 말은 내게 마치 그 교훈을 보는 심정과 같았다. 모의고사 성적표를 받아들고 내 점수를 배치표에 맞춰보면 당장 선택할 수 있는 수백 개의 학과가 있었다. 수많은 가능성이 내 앞에 열려 있었다. 그런데 그 끝에는 아이를 낳고, 어머니가 되는 것이라니. 아직 연애도 한 번 안 해봤는데 언제가 될지도 모르는 출산과 육아에 현재 나를 맞춰야 한다니. 윤동주 시인이 밤하늘에 별을 헤며 아스라이 멀리 있는 어머니를 생각하듯 그 일들은 나에게 아주 아스라이 먼일에 불과했다. 그때 내 나이 열여덟 살이었다.

대학에 진학하여 취업이라는 관문을 뚫어야 할 때도 나는 같은 말에 또 한 번 시달려야 했다. 세상 사람들이 침이 마르도록 이야기하는 '여자에게 좋은 직업'은 이미 정해져 있었고, 깊게 생각할 것 없이 그 길을 따라가는 게 꽤 효율적인 선택인 것처럼 보였다. 남들이 좋다고 하는 데는 이유가 다 있겠지. 적어도 큰 만족은 못 해도 '크게' 후회할 일은 없겠지. 게다가 같은 학과에선 이미 많은 친구가 공무원 시험 준비에 만반의 태세를 갖추고 있었다. 대세를 따르는 게 역시 편하게 살 수 있는 길은 아닐까?

하지만 그런 맘을 먹으려는 찰나 내 속에서 불쑥 '자아'라는 것이 튀어나왔다. 나는 교사를 하기엔 누구를 돌보고 가르치는 일에 아무런 흥미가 없다. 애당초 전공과 관련 있는 길도 아니니 일찍이 패스. 그럼 공무원은 어떨까. 나는 본래의 체질이 관습적인 조직 규범에 늘 의문을 제시하는 자였다('아이를 낳지 않겠다'라는 주제로 책 한 권을 쓸 수 있는 게 바로 나라는 사람이다). 무엇보다 거대한 조직에서 일하기보다는 혼자 일하기를 선호하고, 사람들과 대면하는 일에 가장 스트레스를 받는 성향이라 민원인들을 봉사 정신으로 감당해낼 자신이 도저히 없었다. 그래서 공무원 시험에는 어물쩍 관심을 기울이지도 않았다.

나는 평생을 여자로 살기는 했지만 '여자에게 좋은 직업'이라는 말을 좀처럼 체감하지 못하고 살았다. 결혼하기 전까지는 말이다. 결혼하고 나서 보니 왜 다들 이 직업군에 대해서 그토록 칭송해 마지않았는지 비로소 체감하게 되었다. 주변에서 아이를 키우는 여자들이 늘어 가기 시작하면서 말이다.

나처럼 '내 적성에 공직은 안 맞아'라고 도도한 오기를 부리던 친구들이 있었다. 하지만 그들도 임신과 출산을 거치면서 결국은 하나둘씩 굴복하기 시작했다. 뒤늦게서야 공직이나 교직에 종사하는 사람들을 부러워하며 과거의 자신을 탓하거나 연구원 생활 도중 임신으로 부른 배를 잡고 공무원 시험을 준비하던 친구도 있었다. 고용 안정성이 보장되며 육아와 병행할 수 있는 일은 곧 먹고사는 문제와 직결된다. 당장 해결해야 하는 문제들이 눈앞에 산적해 있는 상황에서 자아실현이니, 적성이니 하는 것들은 모두 '폼'에 불과했다.

문득 '남자에게 좋은 직업'이라는 말도 '여자에게 좋은 직업'만큼이나 자주 쓰이는 말인지, 그런 개념이 있기나 한 건지 궁금했다.

단어를 포털 검색창에 넣고 검색해봤다. '여자에게 좋은 직업'을 검색하면 특정 직업군이 깔끔하게 정리되는 결과에 비해 '남자에게 좋은 직업'을 검색하면 특정한 직업을 찾기는 어려웠다. 재미있게도 높은 연봉이 보장된 대기업에 다니거나 전문직 종사자 혹은 고위 공무원 등 '좋은 직업의 남자'라는 단어로 자동 검색되어 나왔다. 그 '좋은 직업'이란 내가 흔히 들어온 '여자에게 좋은 직업'과 완전히 일치되지는 않았다.

왜냐하면 '여자에게 좋은 직업'이란

1. 출산 휴가나 육아 휴직을 마음 놓고 써도 다시 돌아갈 자리가 있다.
2. 퇴근하고 살림 및 아이를 돌봐야 하는 시간도 넉넉히 보장되어야 한다.
3. 가계에 보탬이 되는 꾸준한 수입도 벌 수 있는 직업이다. 은퇴 후 끊이지 않는 연금 소득은 덤이다.

이 조건을 완벽하게 충족할 수 있는 직업이 한국에서는 교사와 공무원인 것이다.

그렇다. 여자도 무엇이든 될 수 있다고 말하는 이 땅에서 실상은 따로 있었다. 여자들은 진로를 선택하면서 아주 일찍이 어머니가 될 내 모습부터 염두에 두어야 하고, 육아를 병행할 수 있느냐의 여부에 따라 직업적 가치를 평가받는 것이다. 교사나 공무원은 1등 신붓감이니 며느릿감이라는 말은 곧 '가장인 남편의 무거운 짐을 덜어주는 현숙한 여성이면서 아이와 집안일까지도 살뜰히 챙겨야 하는 워킹맘'의 동의어였다.

나의 자아를 깎고 성격을 죽여 직업에 나를 맞추는 일은 결혼식에 입었던 웨딩드레스를 평생 입는 일과 같다고 생각한다. 코르셋이 불편하고, 활동 범위가 매우 제한적인 그 옷을 벗어버리고 싶어도 남들이 입으니까, 겉보기엔 그 옷이 완벽해 보이니까 입고 있는 그런 상황은 아닐까. 자아가 지나치게 비대한 나는 그 상황을 감당하지 않기로 했다. 육아와 출산을 포기하더라도 내가 선택한 내 길, 그리고 앞으로 나아갈 내 미래를 온전히 받아들여 보기로 했다.

'여자에게 좋다는 직업'의 폐해는 자아를 깎아내릴 뿐만 아니라 직업적 사명감도 실종된다는 데 있다. 방학이나 연금이 교사라는 직업의 본질이 결코 아니다. 교사는 자라나는 아이들에게 바른 길을 제시하고, 사회인으로 나갈 수 있는 기초적인 역량을 가르치는 것과 사랑과 배려의 미덕을 알려주는 직업이다. 하지만 '여자에게 좋은 직업'이라는 말은 이런 특성까지 아우르는 말은 아니지 않은가. 공무원도 사실 고용 안정성을 먼저 따지기보다는 '국민들의 공복'이라고 봉사하는 마음이 우선 순위인 직업이다.

공교롭게도 두 직업 모두 한국의 출산 및 육아와 관련이 높은 직업이다. 하나는 미래의 싹을 키워내는 직업이고, 다른 하나는 아이가 사회 안전망에서 자랄 수 있도록 해주는 직업이니까. 특히 공무원은 요즘 같은 저출산 시대에서는 출산의 증진과 관련된 정책을 입안하는 일도 할 것이다. 하지만 주객이 전도된 이 상황에 정말 사명감으로 일에 접근하는 공직자들은 몇이나 될까. 사명감 없는 교사나 공무원이 늘면 상처받는 아이들은 많아질 것이고 저출산 정책은 그저 걸핥기 식의 정책으로 끝날 가능성이 클 것이다.

타고난 적성이나 흥미대로 직업을 선택하며 사는 세상이 아니라 일률적인 조건으로 직업이 서열화되고, 직업을 선택하는 데 있어서 그 조건이 우선순위가 된다는 것은 이 땅에 사는 모두에게 비극적인 일이 되지 않을까.

부모님께

효도

안 할 거야?

아이 낳는 것만이

효도의

전부인가요?

"애를 안 낳는다고? 그럼 너희 부모님은 어떻게 해? 너는 외아들이잖아."
"부모님께 효도 안 할 거야? 자손을 낳지 않는 건 패륜이야, 패륜."

남편이 주변에 딩크 부부로 살기로 했다고 속내를 밝히면 으레 듣는 말이란다. 아이를 낳지 않는 것에 대한 놀람과 탄식, 그 뒤를 곧바로 따르는 '너희 부모님' 걱정. 게다가 외동아들이라는 주제를 자각시켜주는 일침까지. 어디서 누굴 만나든 저 순서는 변하지가 않는다고.

나는 참 이상했다. 임신과 출산으로 인해 입덧 한 번, 작은 신체적 변화 하나 겪지도 않는 남자들끼리 모여서 '그래도 애는 낳아야지'라는 사뭇 진지한 결론을 낸다는 게 말이다. 아이들 뒤치다꺼리에 하루가 모자라 결국 직장을 포기하기로 한 친구 아내의 노고 같은 건 묻지도 않으면서 내 남편에겐 장남 된 도리까지 운운하며 남의 부모님 걱정에 애가 타는 꼴이라니.

이러한 반응이 늘 생경하고 마음에 꽂힌다. 내가 아이를 낳지 않는다고 말하면 우리 부모님을 염려해주는 사람은 거의 없으니 말이다. 우리 엄마조차 "아유 나는 괜찮은데… 네 남편이랑 사돈댁한테 미안해서 어쩌니"라고 말했다. 엄마도 내가 결혼하기 전에는 "여자에게 가장 중요한 건 일이고 경제력이야! 요즘 시대에 여자도 결혼이니 출산이니 하는 것들은 다 선택"이라고 말했었는데…. 그 위풍당당한 태도는 내가 결혼한 뒤 단숨에 꺾여 버렸다. 'O 씨 집안의 며느리 도리'라는 관습적인 역할 앞에서 말이다.

시댁에 물질적인 것을 요구하지 않고, 받지도 않고 결혼했을 땐 또래 남성, 부모님 세대의 어른들은 모두 입을 모아 나를 칭찬했다. 내가 함께 그 짐을 나눠 드느라 집값 부담이 한결 가벼워진 남편에게는 부럽다는 반응이 이어졌고, 부모님의 도움 없이 결혼한 이야기를 주제로 한 내 글은 유독 부모 세대 구독자들에게 큰 찬사를 받았다. "그래 바로 이거지, 요즘 서울 집값이 얼마나 비싼데 결혼 비용까지 부모가 책임져주기엔 너무 힘든 세상이지. 그러니까 부모님 마음, 남편의 처지를 고려해주는 현명하고 똑부러지는 여자를 만나야지. 암, 그렇고말고!"

세간의 찬사를 등에 업고 양가 부모님으로부터 경제적, 정신적으로 독립 선언을 한 우리가 얼마 지나지 않아 '비출산 선언'을 하니 쏟아진 찬사들은 금세 차갑게 식었다. 남편 친구들은 임신을 원하지 않는 와이프를 만나 부모님께 효도할 기회를 잃어서 어떡 하냐고 걱정을 했다(재미있는 게 남편도 아이를 원치 않아 내린 결정이라 말하면 '와이프의 견고한 의견에 네 의사를 굽힌 것일 뿐'이라고 말하는 사람도 종종 있다). 남편의 집안은 제사를 지내는 집이 아님에도 불구하고 '대를 이을 걱정'이 끊임없이 쏟아졌다.

"양가 부모님의 도움 없이 결혼을 했다"는 글 다음으로 "임신과 출산은 내 몸을 내가 쓰는 결정이니 시부모님에게 허락을 받을 문제가 아니다"라는 취지의 글을 올렸다. 그랬더니 "결혼할 때 시부모에게 돈을 받지 않은 것과 아이를 낳아야 하는 며느리의 도리는 완전히 별개다" 격분하는 어른들의 반응도 적지 않았다.

결혼할 때 시댁의 경제적 도움은 받지 않았지만, 시부모님이 나를 업고 기른 분들도 아니지만, 그분들을 위해 기꺼이 밑이 빠지는 고통을 견디며 남편 성을 이어 받은 아이를 기르기 위해 내 남은 생을 써야 하는 게 나의 도리라니. 효도라니. 내 아들과 결혼한 며느리를 데리고 와 시댁 식구들이 그녀를 먹이고 재우고 입히면 며느리는 시댁에서 가사 노동을 하고, 그 집안 대를 잇는 아이를 낳아 기르며 그에 상응하는 보답을 하는 것. 이것이 그동안 한국에서 가부장제를 지탱해온 논리가 아니던가.

그런데 현대 여성인 나에게는 시대가 변했으니 남편과 시댁의 전통적인 책임은 나눠 들라면서 내게 요구되는 역할은 구시대적인 것 그대로다. 남편과 시부모에게 경제적인 부담은 최대한 주지 않는 게 21세기 현대 여성의 새로운 덕목이면서 며느리가 시댁의 대를 이어줄 자손을 낳고 바르게 키우는 책임은 지켜야 할 우리네 아름다운 전통인가 보다. 차라리 예전처럼 유교적 질서를 따르는 게 이치에 더 맞단 생각이 들 지경이다. 그건 서로 주고받을 수 있는 게 딱 맞아떨어지기라도 하지. 지금 내가 직면한 이 상황은 도대체 무슨 이름을 붙여 어떤 논리로 설명될 수 있을까? 윗세대로부터 경제적 도움을 받지 않고 결혼을 한다고 했을 때, 가장 우려했던 건 결혼한 또래 여성들이었다. 여자는 아무것도 받지 않고 의무만 이행해야 하는 상황이 결혼 생활 어디든 산재해 있다고 말이다. 그녀들이 미리 겪은 이중고를 알 법도 했다.

시댁의 경제적인 사정을 헤아려 도움 받는 것을 눈치껏 거절하고, 나의 의견이나 경력을 우선시하기보다는 O 씨 집안의 며느리 도리를 다하기 위해 아이를 낳고 키우고, 시부모님의 손주 좀 보여 달라는 말 한마디가 떨어지기 무섭게 젖병, 보온병, 기저귀 가방 등 한 짐 싸 들고 시댁에 방문하여 아이 얼굴을 보여주고, 가장인 남편의 무거운 어깨를 펴주기 위해 육아와 맞벌이를 병행하며, 살뜰하게 집안일까지 하는 여성. 나는 그런 '가성비 좋은'

아내이자 효부 역할은 거절하겠다.

남편의 성을 딴 아이를 키우는 게 며느리 역할이고, 그것이 자식 세대가 할 수 있는 최고의 효도라면 그 중요한 역할을 수행하는 며느리의 위신이라도 높이 평가해주어야 하는 것 아닌가. 하지만 많은 집안에서 며느리를 대하는 태도나 며느리 서열은 굳이 별다른 설명이 필요 없을 것이다. 이미 두 딸을 낳아 아등바등 키우는 친구도 시할머니에게 "그래도 아들을 낳아야 네가 이 집안에 온 도리를 다하는 거다"는 말까지 듣는다. 이 친구는 평소에 직장에서 일을 하고 친정어머니가 아이들의 등·하원 도우미를 자처하고 있으며, 시댁엔 경제적 도움을 거의 받지 않고 결혼했다. 기성세대가 며느리를 대하는 태도가 여전히 전통적인 그것에 머무른다면, 게다가 이젠 보상마저도 명확하지 않다면 며느리들은 점점 도리라느니 효도라느니 하는 말에 몸서리를 칠 것이다.

차라리 부모님께 남들이 누리는 손주 재롱 보는 기쁨, 손주 자랑할 기회를 못 드려 송구하다는 식의 접근이라면 나을 수 있겠다. 손주를 볼 수 없다는 것은 곧 부모로서 누릴 수 있는 통과의례 중 하나가 본의 아니게 생략됨을 의미하기도 하니까. 하지만 자녀를 독립적인 인격체로 존중한다는 말은 곧 자녀와 부모의 삶을 분리한다는 의미이기도 하다. 자녀의 선택에 나의 모든 세계가 출렁인다고 생각한다면, 그건 자녀의 선택이 잘못되어서가 아니라 아직도 자녀를 놓아주지 못한 부모의 불안감으로 인해 마음이 일렁이는 것은 아닐까?

우린 양가 부모님에게 손주라는 기쁜 세계를 안겨드리지는 못할 것이다. 하지만 이를 계기 삼아 부모님과 더 깊게 소통하고, 시간을 보내는 것이 손주를 낳지 않는 것에 미치지 못한다고는 생각하지 않는다. 특히 건강을 유지하고 자신의 행복을 좇는 주체적인 태도를 견지하고 사는 것도 결국 부모님이 주신 생을 값지게 쓰기 위한 노력이다.

'효도'라는 말에 그 어느 집 자식이 고개를 빳빳이 들 수 있겠냐마는. 적어도 나의 행복을 추구하면서 '불효'라고 여기지는 않기로 했다.

그 나이에

결혼했으면

아이는 있어야지

나이 말고

내 속도에

맞춰 살게요

우리 집은 자가용이 없다. 평소에는 아무런 불편을 느끼지 못해 의식하지 못하고 살았는데 자차 없는 30대 부부는 꽤 보편적이지 않은가 보다. 특히 남편이 자가용이 없다고 말하면 눈을 동그랗게 뜨면서 차 없이 불편해서 어떻게 사느냐는 반응이 대다수다. 우리 부부는 서로 일하는 직장이 매우 가까운 거리에 있다. 그뿐만 아니라 집에서 3분 정도만 걸어 나가면 지하철을 이용할 수 있다. 지하철역은 환승역이라 두 개 노선이 지나다니고, 그 두 개 노선들은 모두 강남을 뚫는 노선이라 서울 중심부까지 비교적 단시간에 편하게 오고 갈 수 있다. 이런 상황을 설명해도 사람들은 애매하게 웃으며 말한다. “그래도 차는 있어야죠. 주말에라도 놀러 다니려면…. 30대고, 결혼했고, 둘이 맞벌이면 차 유지비 정도는 충분히 나오잖아요?”

남편은 결혼 전 차가 있었다. 그러나 출퇴근 거리가 가까운 곳에 신혼집을 얻고, 집 근처에 편리한 대중교통을 이용할 수 있으니 이용 가치를 못 느껴 결혼 직전 차를 팔았다. 주말에 놀러다녀도 서울 밖을 잘 벗어나지 않는 데다가 그마저도 지하철을 이용할 수 있으니 문제가 되지 않는다. 차가 필요한 경우라 하면 가끔 서울 밖을 벗어나 여유를 즐기고 싶을 때인데 그런 일은 한 달에 한 번 있을까 말까 한다. 한 달에 한 번 차를 이용하자고 매월 자동차 유지비 명목으로 최소 50만 원씩 써야 할까? 30대의 결혼한 부부니까 구색을 갖추기 위해서 그 비용을 지출하는 게 과연 맞는 일일까? 역시 아니라는 판단이 섰다. 교외로 나가고 싶어 유독 몸이 근질근질한 주말이면 집 근처 주차장에서 차를 렌트한다.

'30대이고, 결혼한 부부이니까 자차 정도는 갖추고 있는 것이 자연스럽다. 그 차를 매일 이용하든 한 달에 한 번 이용하든 따질 것 없이'라는 생각은 '결혼했으면 응당 아이를 낳아야 한다. 대부분의 사람이 그렇게 살고 있고, 그것이 자연스러우니까'라는 통념과 비슷한 맥락이지 않을까 하는 생각이 문득 들었다.

남편이 타던 차를 없애기 전에 차를 바꿀까 아니면 없앨까를 두고 차의 효용성에 대해 의논했듯이 우리 부부는 아이의 탄생을 두고 수많은 이야기를 했다. '30대라면 누구나 차 한 대쯤 있으니까, 차 없으면 왠지 불편할 것 같으니까'는 식의 당위성이나 불안함에 휘둘리지 않고, 담백하게 '우리에게 차가 꼭 있어야 하는 이유'를 두고 따져 보았듯이 말이다.

아이가 자라기에 우리가 좋은 환경, 좋은 조건을 갖추고 있는지, 이 사회가 아이에게 기회를 줄 가능성이 많은지, 우리 사이가 아이가 반드시 있어야만 유지되는지, 없다면 무엇으로 우리 사이를 돈독하게 만들어 나갈지 등등. 아이의 부모가 된 친구들에게 우리의 고민과 대화를 이야기하면 대부분은 깜짝 놀란다. 아이를 낳기 전, 우리는 한 번도 그 정도로 깊이 생각하고 낳지 않았다고 말이다.

남편이 차를 바꿀까 없앨까를 두고 고민할 때도 일단 결혼 직전에 갖고 싶은 차를 지르고 보라는 친구들도 많았단다. 어떻게든 할부며 유지비며 갚아나갈 수 있다고. 차의 편리함에 못 이겨 와이프도 그러려니 할 거라고. 안 그래도 많은 고정 지출이 발생하는 결혼 생활, 차를 살 타이밍을 놓치면 평생 망설이게 될 거라며 남편의 욕망에 불을 지폈다는 것이다.

아이 문제에 있어서도 많은 대화를 하는 우리에게 사려 깊다고 말하는 이들도 있지만 그렇게 사사건건 모든 조건을 따져서는 절대 아이를 낳을 수 없다고 말하는 이도 있다. 완벽한 조건을 다 갖추어야만 아이를 낳을 수 있다고 생각한다면 몇 살에 그 조건이 충족될지도 모르거니와 그 나이가 되면 생식능력이 떨어져 아이를 원해도 갖지 못하게 될 수도 있다고. 모두 맞는 말이다.

하지만 우리는 기회를 가지고 싶었다. 나이별로 하나둘씩 깨 나가야 하는 미션들을 도대체 왜 수행해야 하는 건지 근본부터 깊이 파고들 기회, 그저 남들이 그렇게 산다는 이유만으로 그 길을 맹목적으로 가려는 건 아닌지 성찰할 기회, 여태까지 그 단계를 충실히 밟아온 우리 삶이 과연 만족하고 행복하기만 했었는지 돌아볼 기회, 그리고 그 단계를 하나쯤 건너뛴다면 우리가 잃는 것과 얻는 것은 무엇인지 따져볼 기회를 갖고 싶었다.

우리는 차가 없어 고정 지출이 많지 않아 돈을 알뜰하게 모아 신혼 1년 만에 직장 근처 작은 집을 장만할 수 있었다. 아이도 없으니 학군이나 주거 환경을 꼼꼼히 고려하지 않아도 되어서 내 집 장만이 더 빠를 수 있었다. 차를 타고 드라이브를 하는 대신 걷기가 습관이 되어 둘이 천천히 산책하며 대화하는 여유를 즐긴다. 도로가 거대한 주차장을 방불케 할 만큼 차가 넘쳐나는 서울에서 어딜 가든 주차 걱정을 하지 않아도 되고, 어딜 갈 때 차가 밀리거나 끼어들 걱정도 없으니 정신 건강에 꽤 이롭다.

아이 없는 일상 역시 우리에게 넉넉한 여유를 주고 있다. 퇴근하면 나는 집에서 조용히 책을 읽거나 글을 쓴다. 일주일에 두 번은 필라테스 수업이 있다. 한 달에 한 번은 독서 모임에 참석하여 다양한 사람들과 교류한다. 음악을 좋아하는 남편은 학원에서 드럼을 치는 데 시간을 보내고, 드럼 레슨이 없을 땐 캘리그래피 수업도 듣는다. 물론 우리 둘만의 규칙도 있다. 금요일 저녁은 모든 일정을 제쳐두고 무조건 단둘이 영화관에서 금요 영화를 즐길 것. 영화를 좋아한다는 공통점을 가진 우리 부부가 함께 즐길 수 있는 유일한 취미 생활이기 때문이다. 매우 바쁜 것 같지만 이런 생활을 하면서도 시간이 남아 집에서 이런저런 대화를 하다가 밤늦게 잠들기도 한다. 한국의 보편적인 30대 부부 모습에서 한참 벗어나 있는 모습이지만 뭐 어떤가. 우리는 이 생활에 무척 만족한다. 마치 이렇게 살기 위해 지난한 여정을 다 거친 건가 싶을 만큼 말이다.

아주 간혹 있는 일이기는 하지만, 벌이가 시원치 않아서 혹은 몸이 좋지 않아서 차나 아이를 가지지 못한 것 아니냐고 조롱하는 사람들도 있다. 그런 말에 전혀 개의치 않는다. 왜냐하면 그런 시선을 가진 자야말로 자신의 시선에 갇혀 사는 사람이란 걸 알기 때문이다. 세상이 정해놓은 기준에 내 삶을 끼워 맞추려 끝없는 비교와 걸치레에 신경 쓰는 사람이야말로 공허와 불행을 자주 느낀다는 걸 모르지 않기 때문이다.

우리 부부는 기혼과 미혼(혹은 비혼)으로 나뉜 30대 집단에서 어딜 가나 비교 대상에서 열외 취급을 받는다. 결혼하지 않은 친구들

집단에서는 유부 남녀라고 배제되고, 결혼한 친구들 집단에서는 아이 문제가 화두에 오르면 종종 소외되곤 한다. 결혼을 아직 못한 친구가 결혼한 친구들의 자녀 나이를 매해 세어보면서 "나는 언제 결혼해서 애를 저만큼 키우나" 자조 섞인 한탄을 하지만, 우리 부부를 두고는 "그래도 너네는 아이가 없어서 내가 좀 안심이 된다"라며 허허 웃는다. 결혼하지 않은 친구의 초조함에 잠시 제동을 걸어주는 역할을 도맡고 있다. 아이 있는 부부를 만나면 아이들끼리의 성장 속도를 곁눈질하며 초조할 일도 없고 사교육의 개수를 세어보는 일도 당연히 없다. 그들과는 소비하는 목적이나 항목도 너무 달라 애초에 비교 불가다. 우린 아이가 없기 때문이다.

아이가 없어 공유할 수 있는 공감대가 줄긴 했지만 겉으로 드러나는 비교 대상도 없고, 다른 이들과 견주기엔 너무 독특해 비교 대상에서 늘 제외되는 셈이다. 남들과 비교할 수 없고, 비교 당하지 않는 삶의 형태를 갖추었다고 생각하자 갑자기 많은 것에서 해방된 기분이 들었다. 이 사회가 정해놓은 기준과 규격에 맞는 삶은 아니지만 본연의 '나의 삶'이 시작된 것이다. 30대에 갖추고 있어야 할 체크리스트를 하나씩 지워가는 삶이 아닌 나의 바람대로 하나씩 문장을 채워가는 그런 삶이 말이다.

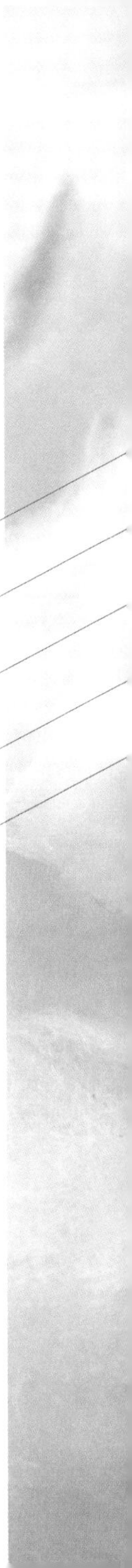

세 번째 장°

그래도

아이는

낳지

않으려고요

° 비출산을 권장하지 않습니다

나와 비슷한 시기에 결혼을 하고 아이도 없는 지인이 있다. 지인과 나의 차이점이라면 그 지인은 아이를 기다린다는 것. 간절하게 말이다. 오랜 기다림에 지친 지인은 아이 없이도 잘 사는 우리 부부를 보며 "우리도 그냥 너희처럼 둘이 살까?" 조심스레 의견을 물어왔다. 나는 즉시 부부 둘이 사는 안락함과 즐거움을 손가락으로 꼽아 열거해 보일 수도 있었다. 하지만 "일단 해볼 수 있는 건 다 해 봐." 다소 야속한 대답을 했다. 이유는 지인이 아이 없는 결혼 생활을 한 번도 생각해보지 않은 사람이라는 걸 알고 있었기 때문이다. 내가 육아하지 않는 백 가지의 만족을 자랑해봐도 결국 아이의 웃음 한 번이 그 지인에게 훨씬 뭉클한 행복일 것이다.

"아이가 없어도 행복한가요?"
"아이 없이 살아도 괜찮을까요?"

이런 종류의 질문을 적지 않게 받아보았다. 질문에 대답은 아이 없이 살고 있는 타인에게 있는 것이 아니다. 바로 자기 자신에게 있다. 단순히 아이의 유무가 삶의 만족도에 영향을 미친다고 생각하지 않는다. 내가 어떤 삶을 원하는지, 무엇을 행복이라 여기고 살아가는지 자세히 들여다 보는 게 우선순위가 아닐까 한다.

명쾌한 해답을 주지는 못하나 아이를 낳지 않기로 결심한 30대 여성인 내가 겪었던 유쾌하지 않은 경험담을 이야기해 줄 순 있다.

일단 아이를 낳지 않으면 많은 친구와 공유할 수 있는 주된 대화거리가 없다. 30대 여성들의 주된 대화거리는 결혼, 출산, 육아에 관한 것이기 때문이다. 동네 친구를 만들 기회도 좀처럼 없다. 육아라는 고된 경험으로 비롯되는 전우애를 느낄 수 없기 때문이다. 인연을 유지하거나 새로운 인연을 맺는 데 제약이 따를 수밖에 없다. 관계에서 많이 배려하고 더 많이 노력해야 하는 쪽은 아이가 없는 사람이 될 가능성이 높다.

친구와 나 사이의 화젯거리만 줄어드는 게 아니다. 아이 없는 부부의 부모님도 그들의 동년배들과 웃으며 나눌 수 있는 소재가 줄어든다. 친지 모임이나 동창회에서 자랑스럽게 꺼내 보일 수 있는 어여쁜 손주가 없기 때문이다. 부모님이 이런 상황을 감당하지 못하고 자식 내외에게 출산을 닦달하는 것도 부담스럽겠지만, 부러움을 꼭꼭 감춰두고 쓴소리하지 않으려는 부모님을 보는 것도 마음 편하지 않다.

그 밖에 잘 알지도 못하는 사람들에게 결혼한 여자가 아이를 왜 안 낳느냐며 야단을 맞아야 할 때도 있고, 오직 나의 생식 능력에만 관심이 있는 사람들의 무례한 언사를 들어야 하는 경우도 다반사이다. 심지어 남편의 건강에 대해 넘겨짚고 수군거리는 사람들까지 있다.

혹자는 이런 걸 겪고 사는 내가 외로움에 몸서리치거나 신경쇠약 직전은 아닌지 염려할 법도 하다. 하지만 내 기준에서는 모두 사소한 일들일 뿐이다. 누가 뭐라든 나는 오늘도 퇴근 후 침대에 엎드려 좋아하는 작가의 산문집 한 권을 뚝딱 읽고, 주말엔 별안간 짐을 꾸려 어디든 갈 수 있다. 새파란 바닷속을 유영하는 거북과 물고기 떼 영상을 보며 '전 세계 바다 아래 풍경을 이 두 눈으로 다 보고 말 거야' 키득거리며 웃기도 한다.

무모하지만 도전해볼 법한 계획들을 세워 실현하려는 노력과 매일 하나씩 꺼내 먹는 내 입맛의 작품들과의 달달한 소통이 일상을 부족함 없이 채우고 있다. 너무나도 주관적인 만족과 행복이다. 그래서 타인에게는 섣불리 권하지 못하고 있으니 사뭇 삶의 역설을 느낀다.

누군가에겐 아이가 없음으로 겪게 되는 일련의 상황들이 감당할 수 없이 버거울 것이다. 개인으로서 누릴 수 있는 자유보다는 온전히 내 편이라 믿어지는 가족이나 친목 집단 안에서 정서적인 안정감을 얻는 것이 더 중요한 사람도 있을 것이다. 그렇다면 전통적인 형태의 가정을 뒷받침하는 책임감이 반드시 버거운 무게만으로 여겨지지 않을 것이다.

하지만 누군가는 세상의 강권함에도 불구하고 의연하게 스스로가 선택한 길을 갈 것이다. 굳이 설명하지 않고 드러내지 않아도 내가 아는 그 행복을 손으로 세면서 말이다.

◦ 아이 없는 부부,
현실적인 노후 대책을 세우다

우리 부부가 아이 없이 살기로 결심하고 나서 맞이한 가장 큰 숙제는 바로 '노후'였다. 많은 사람이 딩크 부부에게 가장 우려하는 부분 역시 나이 든 채로 둘이 외로이 늙어가는 부부의 모습이다. 무엇이 닥칠지 모르는 미래에 대해 한없이 의연할 수는 없다. 자의든 타의든 아이 없이 나이 들어가는 사람들이 외로움과 여한을 토로하는 일을 보면 마음이 심란해지기도 한다. 평균 수명이 여자보다 짧은 남자, 그러니까 남편이 먼저 이 세상을 뜨면 노인이 된 나 홀로 남은 생을 살아갈 생각을 하면 아찔할 때도 있다. 게다가 시시각각 만물이 급변하는 시대에 살면서 모든 것에 발맞춰 따라갈 수 있을지도 걱정이다.

아이 없이 나이 든 채 우리 둘만 살게 될 미래를 구체적이고 세밀하게 그려봤다. 외로움과 고독은 결국 따라오는 것이라 여기고 이런 상황과 감정에 어떻게 하면 지배당하지 않을지 늘 저녁 식탁에 마주 앉아 대화를 나누었다.

일단 한 가지 명확한 답은 나왔다. '돈'이었다. 한국에서 편안하고 안정적인 노후를 보장하는 데 돈만큼 확실한 것은 없다. 자식을 노후 대책으로 삼을 수 있을지에 대해서는 이전보다 의견이 분분하지만, 돈의 필요성에 대해서는 누구도 이견이 없다. 양가 부모님 지원 '0원'으로 결혼한 우리 부부는 결혼 준비부터 돈의 절실함을 느꼈다. 그래서 눈먼 욕망을 최대한 덜어내고 결혼 준비에 들이는 비용은 최소한으로 했다.

그러다 보니 우리가 차곡차곡 모아온 돈들을 식에 녹이지 않고 그대로 보존할 수 있었다. 지금은 저금리 시대, 쥐고 있는 목돈을 은행에 묶어두는 것은 영 매력적인 선택이 아니었다. 이 돈을 노후 대책의 초석으로 이용하려다 보니 자연스레 재테크에 눈을 떴다. 신혼 초에는 부동산과 돈에 관한 책들을 읽으며 자투리 시간을 다 썼다. 하지만 귀동냥과 책으로 지식을 쌓는 것과 실전에 뛰어들어 시장 경제 감각을 온몸으로 익히는 것은 완전히 별개의 문제라는 생각이 들었다. 일 년 남짓 근처 부동산 사무실을 들락날락한 결과, 월세로 시작한 신혼집에서 이듬해 아담한 내 집을 마련할 수 있었다. 경매를 통하여 싸게 나온 물건을 건지기도 했다.

아직 손에 남은 그 어떤 수익도 없다. 젊은 우리 부부에게 현재는 자본주의 시대에 살며 돈에 대한 감각을 익혀나가는 경험을 하는 단계라 생각한다. 이것이 우리 부부의 첫 번째 아주 실리적인 노후 대책이다. 가장 정직한 것은 언제 어디서든 먹고 살 수 있는 본인의 생존 능력이라 생각한다. 그래서 우리 부부는 연금보험 가입이나 적금 하나 더 드는 대신 배움에 아낌없이 투자하여 노후에도 먹고 살 수 있는 능력을 쌓아가자고 다짐했다.

노년에도 일해야 한다는 것을 불행하다 여길 수 있다. 하지만 지식이 자본인 시대에서는 나이가 들어도 수익을 창출할 수 있는 능력을 갖출 수 있다는 말이기도 하다. 게다가 평범한 사람도 무엇이든 될 수 있고, 어디든 갈 수 있는 시대에 살고 있다. 나는 이 시대가 주는 축복을 마음껏 누리기로 했다.

잦은 여행이 더 이상 의미가 없다고 여겨진 나는 대신에 한 번쯤 살아보고 싶은 여행지의 언어를 배워보기로 했다. 그 매력적인 여행지에서 만난 외국인 친구의 도움을 받아 전혀 다른 타국의 언어를 배우는 중이다. 언제가 되든 그 기간이 얼마나 길든 그 여행지에서 꼭 한 번쯤은 그곳 사람들과 부대끼며 살아보기를 원하며.

남편은 수입 대부분을 회사에서 노동하는 대가로 벌고 있다. 남편의 본업은 운동선수였다. 지금은 운동과는 전혀 관련 없는 일을 하지만 이제는 성과에 부담 없는 스포츠를 할 수 있고, 생계형 스포츠를 하지 않아도 된다. 재능을 잃지 않으며 소소하게 돈도 벌 방안으로 남편은 스쿠버다이빙 강사 자격증을 따기로 했다. 나는 그가 하는 일에 호기심이 생겨 올해는 함께 취미용 자격증을 취득하기로 약속했다.

나는 사랑하는 사람과 함께 두 발로 넓은 세상을 걷다 보니 하고 싶은 일이 생겼다. 남편은 잘했지만 재미없던 일의 부담감을 내려놓고 비로소 재미를 느꼈다. 이 같은 호기심과 뒤늦게나마 깨달은 흥미를 외면하지 않고 우리의 능력으로 만드는 것이 두 번째 노후 대책이다.

이처럼 삶이 주는 묘미와 시대가 주는 축복을 즐겨보기로 결심한 우리의 남은 생이 쓸쓸하고 초라할 일만 남았다고 생각하지 않는다. 부모 세대가 말하는 '아이 없는 삶의 비참함'은 더욱이 와닿지 않는다. 그들의 젊은 시절이 현재 우리가 사는 시대와 다르기 때문이요, 우리의 미래는 그들의 현재 상황과 또 다를 것임을 확신하기 때문이다. 지금 우리 삶에서 무엇을 더하기보다는 현재의 생기와 건강만 지킬 수 있기를 나는 소망한다.

자신에게 한 번 더 기회 주기

아이가 없는 대신 우리가 가진 것을 하나만 딱 꼽아보라면 바로 '시간'이다. 특히 남편의 회사가 작년 여름부터 주 52시간제 시행에 들어갔기 때문에 우리 부부가 가진 시간적 여유는 더욱 많아졌다.

처음에 남편과 나는 남아도는 시간을 소모적으로 보냈다. 같이 맛집 탐방을 하거나 달 밝은 밤, 맥주 한잔 기울이며 대화를 하는 게 참 좋았으나 이는 결과적으로 거액의 외식비 지출과 걷잡을 수 없는 몸무게 증가라는 결과를 가지고 왔다! 좀 더 '생산적인 것'으로 우리의 시간과 에너지를 쓰자고 결심한 뒤 남편은 실용 음악 학원에 등록했고, 나는 글을 쓰기 시작했다.

중학생 때 음악을 37점 맞고 '음악은 내 적성이 아니구나' 싶었다는 남편. 아주 어려서부터 운동하느라 배워본 악기는 잠깐 배운 하모니카가 전부였다는 남편. 하지만 남편은 음악 사랑이 무척이나 깊다. 음악을 즐겨 듣는 건 물론, 노래를 듣고 늘 따라 부르는 습관이 있다 보니 노래도 제법 잘 하고, 청음 능력도 세심해서 뮤지컬을 볼 때 누가 음정이나 박자를 틀리는지도 다 맞춘다. 그러나 어릴 때의 점수 트라우마가 꽤 컸는지 음악을 본격적으로 배우는 걸 항상 주저했다. 남편은 오직 자신의 재미만을 위한 일에 돈과 시간을 써본 적이 없어 이런 기회를 가진다는 것도 멋쩍어했다. 그러다가 큰맘 먹고 가장 배우고 싶던 드럼 클래스를 등록했다. 첫날부터 "선생님이 나보고 박자 감각이 있대" 배시시 웃으며 수줍게 자랑을 하더니 일주일에 두 번, 꼬박 2시간씩 열성으로 드럼을 치는 중이다. '안 하고 살아도 그만이지만 그래도 왠지 해보고 싶던 일'을 하니 퇴근 후에도 눈이 반짝 빛나는 남편. 그런 남편을 보는 나도 웃음이 난다.

나 역시 과거엔 내가 글을 못 쓴다고 여길 때가 있었다. 어릴 때 글쓰기로 상을 받은 적도 있고, 친구들도 내 글을 재밌다 여겨주어 작문은 제법 하는 편이다 생각했었다. 하지만 법을 공부하던 대학생 때, 논술형 시험에선 피죽도 못 쓰는 결과가 빈번하자 글쓰기가 영 자신 없던 때도 있었다. 그럼에도 나는 꾸준히 쓰는 사람이었다. 쓰는 건 오래된 습관이었고, 쓰지 않으면 내 속에 응어리진 생각과 감정들이 해소되지 않았다. 그러다 보니 내 글을 좋아해주는 많은 사람을 만나 좋은 인연으로 맺어지기도 했고, 지금은 좋아하는 글쓰기로 소소하게나마 수입을 벌어들이는 '투잡러'가 되었다.

항상 모든 일에 가시적인 성과가 있어야만 그 일을 잘한다 인정받을 수 있는 현실에서 '순수한 즐거움'은 너무 가볍게 무시된다. 그 즐거움을 일찍이 외면하고 살기엔 우리에게 주어진 삶은 길다. 게다가 음악이든 글쓰기든 새로운 관점으로 접근하여 실력을 갈고닦을 기회는 곳곳에 있다.

열네 살 음악 시간에 리코더나 단소를 잘 불지 못했고, 클래식 음악 사조 좀 못 외웠으면 어때. 드럼을 치면서 역대 훌륭한 밴드 드러머들의 이름을 알면 되지 뭐! 대학생 때 시험 답안지 좀 못 썼으면 어때. 답안지를 못 써서 시험 떨어진 이야기를 소재 삼아 책을 내면 되지 뭐! 그러다가 또다시 어려움이 닥치면 큰코다쳤다 겸손도 떨어보다가 예상치 못한 칭찬과 인정을 받으면 한껏 으쓱대며 살면 된다.

재밌고 좋아하는 일도 늘 좋은 결과만을 가지고 오지는 않는다.

참을 수없이 지루해지는 순간도 있을 테고, 남들에게 영 좋지 못한 말을 들을 때도 있을 것이다. 하지만 한 가지 결과만 가지고 '이건 아닌가 보다' 단정 짓고 포기하기엔 그 일을 즐길 방법은 너무나 다양하다. 게다가 한 가지 잣대만으로 평가하기엔 사람이 가진 잠재력은 무궁무진하다. 그것이 끊임없이 나에게 '즐길 기회'를 마련해주어야 하는 이유이기도 하다. 무엇이든 내가 재밌는 게 진짜 내 것이므로.

또 나이 먹는다고 한숨 쉬지 않기로 했어요

내 남편은 수영 선수였다. 지금은 수영과 전혀 무관한 일로 먹고 살지만 20년 동안 수영 선수로 살았기 때문에 '수영 선수'는 여전히 남편을 소개할 때 빼놓을 수 없는 자아이다.

지난주에는 전직 수영 선수인 남편 덕에 쭉 광주에 있었다. 남편이 세계수영선수권 마스터스에 출전하게 되었기 때문이다. 세계수영선수권 마스터스는 남편처럼 현역은 아니지만, 선수 출신이었던 사람들이나 수영을 꾸준히 하는 일반인들을 위한 대회다. 이 대회는 현역 선수들이 치르는 경기와는 다른 감동과 관전 포인트가 있다. 경쟁에 초점을 둔 현역 선수들과 달리 마스터스 선수들은 자신의 경험과 성취를 최우선으로 두고 경기에 임한다. 그래서 분위기는 시종일관 여유롭고, 여기저기 웃는 얼굴들이 많고, 즐거운 축제 분위기다. 왜 전 세계인들의 축제라고 홍보를 했는지 현장에 와보니 수긍이 갔다.

광주에 있는 3박 4일 동안 오전에만 있는 남편 경기를 참관하느라 무척 몸이 고되었다. 하지만 대회에 참여한 기간 동안 아주 기분 좋은 꿈을 꾼 듯하다. 그래서 하나도 힘들지가 않았다. 광주도 처음 가본 곳이라 조금 낯설었는데 시내 어딜 가나 외국인들도 많았고, 이런 국제적인 규모의 수영 대회도 처음 관람했으니 말이다. 하지만 무엇보다 세상엔 참 멋지게 사는 노인들이 많다는 게 가장 큰 배움이었다. 머리가 하얗게 센 백인 선수들을 아주 많이 보았다. 동쪽에서도 가장 끄트머리에 있는 이 나라에서 열리는 대회에 참가하기 위해 천 명 단위의 사람이 몰렸다는 것도 현실감이 없는데, 수영 선수로 등록한 노인들도 이리 많을 줄이야! 심지어 경영뿐 아니라 다이빙 경기에서도 70~80대의 나이 드신 분들이 끊임없이 뛰고 연습하고 있었다. 저 나이에 다이빙을 할 수 있다니…. 다이빙 경기 규칙은 모르지만 감탄하는 마음으로 경기를 보니 시간이 술술 흘러갔다.

지금 한국의 노인들은 전쟁으로 척박했던 한국을 경제 강국으로 만드는 데 큰 공헌을 한 세대이다. 그러나 우리 세대와 거쳐 온 배경이 너무 다르고, 생각이나 가치관은 더욱 다르다. 그래서 그들의 노년이 젊은 세대에게는 큰 귀감이 못 되는 게 현실이다. 그 때문에 젊은 사람들 마음속 깊은 곳엔 노인이 된다는 것에 대한 막연한 불안과 큰 두려움이 자리 잡고 있다. 특히 아이 없이 늙어갈 내 모습은 어떨지 생각하면 사실 감이 잘 오지 않았다. 고급 요양원에 들어가기 위해 평생 돈을 벌어야 하나, 아니면 비슷한 처지의 노인들끼리 공동체를 이루며 살아야 하나 등등 사념이 많았다. 구체적으로 노인이 된 나의 삶을 그려보고 싶어도 그럴싸한 롤 모델을 찾기 힘들었다. 우리 할아버지나 할머니는 자식들의 도움 없이는 아무것도 하지 못하고, 자식들을 보고 그들과 연락을 주고받는 것만이 가장 큰 낙이기 때문이다.

세계수영선수권 마스터스 대회에 참가하려 전 세계에서 광주로 온 많은 노인을 보고 그들의 열정을 느끼니 '나도 저런 노인이 되고 싶다'라는 생각에 처음으로 설레었다. 진심으로 그들의 건강하고 도전하는 황혼이 무척이나 부러웠다. 내가 노인이 되었을 때도 끊임없이 도전하고, 새로운 곳을 주기적으로 여행하며 다른 사람과 열린 마음으로 소통할 수 있는 넉넉함을 가질 수 있다면 젊은 시절 나의 무엇을 팔아서라도 그 삶을 갖고 싶단 간절함이 생겼다. 특히 대회 마지막 날 아침에 보았던 93세 최고령 참가자인 아마노 할머니의 경기가 가장 인상적이었다. 육지에서는 혼자 힘으로 거동도 못하는 할머니는 그 속도가 매우 느릴지라도 물속에서만큼은 자유롭게 유영하였다. 이미 한국 언론에서도 화제가 되어 동영상으로 할머니의 경기를 미리 보긴 했지만, 직접 할머니를 보니 형언할 수 없는 감정이 몰려왔다. 할머니를 격려해주며 할머니의 속도에 맞추어 손뼉 쳐주는 관중들도 굉장히 멋졌다.

남편이 말하길, 한국 선수들의 연령층은 30대 중반인 남편 나이가 거의 끝 무렵이라 했다. 안타까웠다. 그도 그럴 것이 한국 사람들은 지나치게 빨리 늙는다. 몸이 아니라 마음이. 나는 자신의 나이를 두고 "꺾였다"라고 말하는 또래들을 스물네 살 때부터 보았다. 나이에 대한 강박이 지나쳐 다채로운 도전보다는 많은 포기를 경험하고 산다. 어디 나이뿐이랴. 이 나라 여자들은 마른 체형이 아니면 수영복은 입지 못하는 옷으로 취급한다. 그래서 수영을 운동 종목으로 삼거나 여름에 놀이로 즐기는 것조차 꺼리는 이들이 많다.

나는 나이가 많고, 뚱뚱해서 수영복을 입지 못하니 수영을 하지 못한단 말을 영어로 저들에게 전한다면 어떤 표정을 지을까. 21세기에 세계선수권 대회를 여는 나라에서 사는 사람들의 고민 수준이 너무 민망하지 않나. 이곳에서 나이나 체형에 상관없이 수영복을 입고 물을 즐기는 사람들을 보니 그동안 내가 했던 이런 부류의 고민을 얼른 쓰레기통에 던져 넣고 싶었다. 무엇을 하는 데 있어서 나이가 가장 걸림돌이라 여겨진다면, 내가 할 수 있는 가장 비겁하고 하찮은 변명으로 내 인생을 낭비하고 있다고 생각하기로 했다.

나도 백발의 머리와 튼튼한 신체로 세계를 여행하며 좋아하는 일을 하고, 그 일로 이어진 사람들과 어우러져 밝은 웃음을 짓는 그런 할머니가 되고 싶다는 소망이 피어났다.

◦ 시대의 축복을 흠뻑 누리기로 하다

우리 결혼식의 신 스틸러, '주연 같은 조연'은 바로 우리 아빠였다. '결혼식을 위한 결혼식'은 하고 싶지 않았던 우리 부부가 결혼식을 준비할 때 가장 먼저 리스트에서 삭제한 건 '주례사'였다. 어떤 결혼 생활을 하고 있는지, 평소에 우리가 따르고 싶어 할 만한 삶의 태도와 가치관을 가졌는지 알지도 못하는 생면부지의 사람이 결혼식 덕담을 해준다는 건 너무나 이상하게 느껴졌다. 그래서 우리는 양가 부모님께 주례 대신 축사를 부탁드렸다. 평소에도 호탕하고 껄껄 잘 웃는 아빠는 우리 결혼식에서 그 어느 때보다 큰 목소리로 말했다.

"세상을 너희들의 전쟁터로 삼지 말고 놀이터로 삼아라! 남들과 경쟁하는 대신 다른 사람들과 더불어 재미있게 살고, 이기려 하지 말고 즐기며 살아라!"

유쾌한 아빠의 축사 덕에 결혼식이 끝난 직후 지인들에게 여전히 아빠의 말씀이 기억난다는 메시지를 끊임없이 받았다. 결혼한 지 몇 년이 흐른 지금도 아빠의 축사는 내 주변 사람들 사이에서 두고두고 회자된다. 아빠의 축사를 기억해준 사람들 덕분일까. 그래서 나도 결혼 후엔 무작정 남들보다 더 잘 살려고 경쟁하기보다는 당장 나를 재미있게 만들어줄 무언가를 의식적으로 찾아보게 되었다.

결혼한 지 2년까지는 둘이서 국내외 여행을 많이 했다. 단조로운 일상 속에서 여행 가는 날을 기다리는 것은 설레는 일이었고, 낯선 여행지에서 적지 않은 경비를 지출하며 예쁜 사진들을 추억으로 남기는 일은 분명 달고 중독적인 맛이었다. 집에서도 일상에 공백이 생길 때마다 다음 여행지를 물색했고, 불과 며칠 뒤에 뜨는 비행기를 예약해 간단히 짐만 꾸려 후다닥 짧은 여행을 갔다 오기도 했다. 하지만 여행이 짧은 기간을 두고 반복되자 여행지에서 느끼는 감흥도 점점 떨어지기 시작했다. 영 쌓이지 않는 통장 잔고를 보며 한숨 푹 쉬는 날도 있었다. 무엇보다 일 년에 오직 여행지에서 보내는 기간을 모아보면 한 달도 채 되지 않았다. 여행 날짜만 기다리며 그 나머지 나날들은 참아 내거나 견뎌

내는 것은 어쩐지 주객이 전도되었다는 느낌이 들었다.

여행 같은 특별한 이벤트 말고 하루하루 사는 일상이 설레고 재미있을 순 없을까? 소비함으로써 누리는 즐거움 말고 어떤 것이라도 생산함으로써 얻을 수 있는 뿌듯함과 충만함을 누리고 싶었다. SNS에 사진을 보면서, 차고 넘쳐나는 여행 예능 프로그램들을 보면서 어느새 나는 충동구매를 하듯이 비행기 표를 잡고, 그곳에 가면 다 가본다는 여행지 맛집이나 관광지만 섭렵하며 돌아다니고 있었던 것이다. 경쟁처럼 여행하고 돈을 쓰는 것보다는 일상 속에서 조금씩, 매일 얻을 수 있는 재미와 만족이 필요했다.

나는 본격적으로 글을 쓰기 시작했다. 그 전까지는 지인들만 볼 수 있는 SNS에 내 글을 올렸는데 이제는 불특정 다수의 사람들이 볼 수 있는 곳에 글을 올린 것이다. 내 글에 비공개 자물쇠를 풀고 공개라는 날개를 다니 내 글들은 생각지도 못했던 기회들을 내게 물어다 주기 시작했다. 다음 카카오 브런치 플랫폼에서 아이 없는 부부의 일상과 생각을 쓴 글들이 기대치보다도 좋은 반응을 얻었다. 구독자 수는 점점 늘어갔고 글들은 여기저기 공유되어 다양한 플랫폼으로 쭉쭉 뻗어나갔다. 경쟁사 포털 사이트에서도 글을 연재해달라는 제안이 오고, 그 밖에 여타 다양한 SNS에서 내 글이 공유되면서 비슷한 처지의 사람들을 만날 수 있게 되었다. 외롭다고 생각하며 쓴 내 글에 '나도 여기 있어요!'라고 반갑게 손을 흔들어주는 댓글과 소통은 큰 위안이 되었다. 방문자 수 유입이 많은 내 글에 광고를 달 수 있는 곳도 있었다. 적게는 십 원 단위에서부터 많게는 만 원 단위까지 소소하게나마 수입이 매일 꾸준히 들어왔다. 무엇보다 기쁜 건, 내가 책의 저자로서 원고를 쓸 수 있는 기회까지 얻었다는 것이다. 이 모든 게 공개적인 곳에 내 이야기를 쓴 지 일 년도 채 되지 않아서 일어난 일들이다.

겉보기에 나의 일상은 크게 달라진 게 없었다. 그저 퇴근하고 집에 오면 주기적으로 해야 할 일이 하나 더 늘었다 뿐이었다. 그러나 세상을 보는 나의 관점은 완전히 달라졌다. 글을 쓰기 위해 일상의 자잘한 것에 관심을 기울이고, 틈날 때마다 책을 더 자주 읽었다. 나와 완전히 다른 성향의 남편과 심도 있는 대화를 하며 사고를 확장해 나가려 노력했고, 그 이야기를 담은 글을 써 플랫폼에 올렸다. 글을 쓰기 시작한 뒤로 나는 일상의 모든 것을 좋은 글을 쓰기 위한 노력으로 맞춰나가기 시작한 것이다.

손을 뻗어 눈앞에 떠다니는 기회를 힘껏 잡으려는 노력을 한다면 원하던 것이나 생각지도 못한 무언가도 손에 쥘 수 있는 게 너무나 많은 세상이다. 여태까지 인류의 역사를 볼 때 개인에게 이토록 많은 자유와 기회가 허용된 때가 있었을까? 내가 원한다면 무엇이든 될 수 있고, 세상 어디든 갈 수 있다. 이런 시대에 살면서 구시대적인 전통과 가치에 나를 재단하지 않기로 했다. 남편과도 늘 하는 말이 현재 우리가 가진 것에 너무 집착하지 말고 시대의 흐름에 우리를 맡기며 살자고 약속했다. 과거의 가치, 시대에 뒤떨어진 타인들의 시선에 결코 위축되지 말고 지금 이 시대가 주는 무한한 자유와 기회를 기꺼이 누려 보는 것. 지금 하는 일이 나를 억압하는 게 느껴진다면 향후 어떤 것이든 서로의 새 시작을 응원하고 지지해주는 것. 현재의 기준과 생각, 가치 등이 머지않아 빠르게 바뀌는 시대이고, 9 to 6 패턴을 반복하는 '노동'만으로 소득을 가질 수 있는 체제에 사는 게 아니니까.

무엇이든 되고, 무엇으로도 돈을 벌면서 시대의 축복을 흠뻑 누리며 살 거다. 신나고 풍족하고 행복한 인생을 살 것이다. 아빠 말씀대로 세상을 놀이터 삼아서 마음껏 뛰어놀 것이다.

• 아이 없는 삶을 원하는 배우자는 어떻게 만날 수 있나요?

아이 없는 삶에 관한 글을 연재한 뒤로 비밀스러운 귓속말 질문을 많이 받는다. 도대체 평생 아이 없이 부부 둘만 사는 꿈을 꾸는 배우자는 어떻게 하면 만날 수 있느냐는 것. 사실 눈을 크게 뜨고 봐도 주변에서 아이 없는 삶을 기꺼이 선택하며 사는 부부는 거의 없다. 출생률은 점점 더 곤두박질치는데 지인들이 낳은 아이들은 늘어만 간다. 딩크 부부의 길을 걷고 있는 사람들도 공통적으로 느끼는 바라고 한다. 그럼에도 불구하고 결혼 생활에서 '아이 낳지 않기' 옵션을 고려하는 사람들은 점점 늘어간다는 걸 체감한다. 아이 없는 부부의 일상과 생각이 궁금하여 나의 구독자 수도 늘어가고, 어떻게 그런 결정을 내렸는지 면밀하게 묻고 싶어 일대일 면담을 신청하는 지인들도 있으니 말이다.

그중 가장 대답하기 난감하지만 아이 없는 삶을 영위하는 데 있어서 절대 빼놓을 수 없는 질문이 바로 "아이 없는 삶을 꿈꾸는 배우자는 어떻게 만나나요?"라는 질문이다. 특히나 질문의 화자가 여자라면 더욱 복잡해진다. 아이 없이 살 바에야 결혼은 하지 않겠다거나 특별한 경우가 아니고서야 아이 없는 삶은 불효를 넘어 사회의 근간을 흔드는 죄악이라고 보는 남자들이 적지 않기 때문이다. 나에게 날선 비난의 댓글을 남기는 사람들은 팔 할이 남자들이다. 육아와 경력단절의 문제에서 상대적으로 비껴있기 때문일까. 살다 보니 많은 이유들로 아이 없는 삶을 사는 사람들은 있어 보여도 아이 없는 삶을 꿈까지 꾸는 적극적인 남자들은 찾아보기 매우 힘든 게 현실이다. 내 남편도 그랬다. 남편은 결혼 이전까지 아이 없이 사는 부부의 미래는 생각해보지 못한 사람이다.

그건 나 역시도 마찬가지다. 결혼을 하지 않을 순 있어도 결혼하고 나서 아이를 갖는 건 자연스러운 순서 같아 보였다. 한때 우리는 신혼을 1년 정도 즐기다가 아이를 갖는 게 좋겠다고 약속까지 했으니 말이다. 그래서 나는 "아이 낳길 원치 않는 남자는 어떻게 만날 수 있나요?"라든지 "아이를 원치 않는 제 의견을 남자 친구에게 어떻게 설득시키면 좋을까요?"라는 질문에 애석하게도 시원한 대답이 떠오르지 않는다. 그 단계에서는 우리도 아이 없는 결혼 생활을 생각해본 사람들이 아니기 때문이다.

우리 부부는 아이 없는 삶을 약속하며 결혼하지는 않았다. 다만 우리는 삶의 우선순위가 같은 부부였고 이를 서로 잘 알고 있었다. 우린 각자 누구에게도 침범 받을 수 없는 내 영역을 가지고 있다는 공통점이 있었다. 그리고 내 영역을 존중받기 위해서 타인의 영역을 함부로 넘어가거나 마음대로 경계를 허물지 않았다. 서로를 열렬히 애정하는 커플이었지만 결국 가장 중요한 건 바로 '자신'이었다. 타인의 욕구를 채워주기에 앞서 자신이 무엇을 원하는 사람인지 명확하게 알고 있는 사람들이 만나 연애를 하고 결혼을 한 것이다.

남편에게 가장 중요한 것은 아무것도 하지 않을 수 있는 휴식시간이었다. 집에서 24시간을 있어도 답답함은커녕 안락함을 느끼는 전형적인 집돌이인 남편은 일주일에 한 번은 반드시 집에 있는 시간이 필요했다. 반면에 나는 집 밖에 나가서 낯선 것들을 보고 들으며 즐기는 사람이었다. 나는 산책이든 외식이든 하루라도 집 밖에 나가지 않으면 시든 꽃처럼 처지는 스타일이었다. 연애 시절부터 우린 이 부분에 대해서는 일찌감치 타협했다. 토요일은 서로 만나서 돌아다니고, 일요일은 각자 알아서 시간을 보내기. 조금도 어렵지 않았다. 왜냐하면 우린 혼자서도 시간을 너무나 잘 보내는 사람들이었기 때문이다. 자신이 원하는 게 무엇인지 알고, 그 부분을 스스로 충족할 수 있는 방법을 아는 사람들이었다. 1인 가구도 늘어가고 개인주의 사상도 더 팽배해진 요즘은 '혼자 OO 하기'가 전혀 어색한 일이 아니다. 하지만 이런 시류가 있기 전부터 우리는 혼자 무엇을 하는 것에 익숙했다. 남들의 이목이 두려워 혼자 영화 보기나 밥 먹기를 포기한다거나 나를 사랑한다면 항상 옆에 있어줘라고 떼를 쓰는 유형도 아니었다. 한 마디로 '남자(여자) 친구의 역할' 따위에 자신이나 서로를 맞추는 커플이 아니었던 것이다.

연애 시절에 이미 우리의 연애 스타일이 서로에게 해이한 것 아니냐고 지적하는 사람들도 꽤 있었다. 여전히 주말에 혼자 영화를 보고, 밥을 먹는 것을 좀처럼 이해하지 못하는 사람들도 많았다. 심지어 결혼하고 3달 뒤, 누군가와 동거하는 생활이 10년 만이었던 나는 자유가 절실하다며 혼자 비행기를 타고 해외로 여행을 떠났다. 친구들은 모두 어쩜 그럴 수 있냐며 좀처럼 나의 정서를 이해하지 못하고 아연실색했다. 그러거나 말거나. 나는 반년 뒤 또 혼자 여행을 떠났다. 남편 역시 오롯이 혼자 집에 있을 시간을 상상하면서 쾌재를 부른다 하니 슬며시 불화설을 제기하는 지인도 있었다.

'우린 지금이 너무나 행복하고 좋은데, 왜 사람들은 우리를 어떤 역할에 가두려고 하는 거지? 부부에게 평범한 삶이란 도대체 뭘까.' 그때부터 우린 '표준의 연애 혹은 결혼'에 대해서 많은 의문을 가졌다. 그리고 끊임없이 대화했다. 우리가 응당 당연하다고 생각했던, 가족을 위해 희생하는 아빠와 헌신하는 엄마의 모습은 언제 어디서부터 기원 된 건지, 앞으로 그 역할에 우리의 생활 태도를 버리고 자아를 깎아내어 맞추며 살 수 있을지, 혹시 다른 선택을 하면 남들 눈에는 다소 비범해 보이는 삶을 사는 셈인데 그 시선을 무시하고 살 수 있을지. 이런 이야기를 한번 시작하면 둘 중 누구 하나도 멈출 줄을 몰랐고, 새벽 두 시가 넘어서야 출근 생각에 아차 하며 잠이 드는 날들의 연속이었다.

이처럼 개인과 가족에 대해 많은 대화를 했지만 결론은 생각보다 싱거웠다. "우린 아이 없이도 잘 살 수 있을 것 같아. 우리가 여태껏 그래왔던 것처럼 살면 되는 건데 뭐." 서로에게 관습에 박힌 역할을 원하지 않고, 자유로운 시간을 허용하고, 남들의 시선에 연연하지 않는 것. 우린 여태 그렇게 살아왔다. 그래서 우리 집에서는 일단 세상이 정한 기준을 맹목적으로 따르기보단 우리 마음의 소리에 집중해보자는 의견 합치가 쉽게 되었다.

특히 남편은 출산과 육아는 일차적으로 나의 의견을 적극적으로 존중해주었다. 왜냐하면 출산과 육아는 다름 아닌 생물학적 여성인 나의 영역이었기 때문이다. 임신과 출산은 물론 육아마저도 사실 남편이 대신해주기 쉬운 영역이 아니었다. 아무리 남편이 열심히 육아에 참여한다 한들 아이는 태어나자마자 나의 젖을 빨 테고, 아이를 돌보는 능력에 특화된 나의 감각은 남편보다 훨씬 나을 것이다. 남편은 "현관문만 열면 얼마든 누릴 수 있는 세상 모든 자유를 뒤로하고 엄마로서의 정체성이 나를 삼키는 그 상황을 도저히 받아들이기 쉽지 않을 것 같다"는 내 의견을 토달지 않고 수용해주었다. 그는 늘 그랬던 것처럼 나의 고유한 영역을 지켜준 것이다. 덕분에 남편 역시 자신의 영역을 온전히 지킬 수 있었다. 퇴근하고 나면 집에서 지루한 평화를 누릴 수 있는 사적인 시간, 주말 하루 정도는 모든 힘을 빼고 쉴 수 있는 휴식, 그리고 현재 내 옆에 있는 가족의 욕구를 진심으로 귀 기울여 지킬 수 있는 가정의 평화. 그가 원하던 모든 것을 지키는 삶을 살고 있다.

아이 없는 삶을 개인주의 (혹은 이기주의) 현상 중 하나라고 해석하는 사람들이 많듯이 우리 역시 기질적으로 그런 성향이 일치했던 셈이다.

아이 없는 삶과 어울리는 사람을 찾고 싶다면, 일단 그 사람이 혼자 노는 것을 참을 수 없이 무료하다 여기는지, 아님 아무것도 거리낄 것 없는 자유로운 상태라 여기는지부터 알아보는 게 좋을 것 같다. 아, 혼자이기를 정말 좋아하는 사람이라면 그 사람을 집에서 꺼내는 방법을 먼저 찾아야 할지도 모르겠다.

"아이 낳지 않을 이유로 책 한 권 써도 모자라."

말이 씨가 됐다. 정말 나는 아이를 낳지 않는 이유에 대해서 책 한 권을 써내고야 말았다. 무언가의 부재에 대해서 책 한 권을 써내다니. 내가 해낸 일이긴 하지만 믿어지지 않는다. 이 책이 세상에 나오면 어떨까. 상상해보지 않을 수 없다. 분명히 이런 반응이 있으리라 예상된다.

"아이 없는 삶을 사는 건 네 선택이고 자유다. 그렇지만 공개적으로 이런 책을 써서 사람들을 현혹시키고 선동하지 말아라. 너 같은 사람들 때문에 이 나라의 위기가 온다!"

사실 이미 인터넷에서 글을 연재하면서 받아온 반응이다. 정중하게 한 말씀드리겠다. 한 사람의 생각이나 인생은 책 한 권으로 바뀌지는 않는다고 말이다. 아이를 낳고 키우는 것은 우리가 이 땅에 태어나면서부터 철저하게 학습되어온 관념이다. 나는 서너 살 때부터 포대기에 아기 인형을 들쳐 업고 다녔고, 남편은 다섯 살 때 유치원 병원놀이에서 의사 역이 아닌 간호사 역을 맡았다는 이유로 할머니에게 호되게 혼이 났다. "의사를 했어야지! 남자는 무조건 돈을 많이 벌어야 돼! 나중에 처자식 고생 안 시키려면!" 오늘 점심은 뭘 먹었는지도 자주 까먹는 남편이 이런 말은 생생하게 기억하고 있다. 그만큼 우리는 어릴 때부터 남자아이는 한 가정의 든든한 가장, 여자아이는 가정에서 아이를 돌봐야 하는 엄마로 길러진다. 이 뿌리 깊은 고정 관념을 고작 한 권의 책이 전복 시킬 수 있다고 생각하는가?

게다가 한국에서 자발적인 아이 없는 부부로 살아간다는 것은 굉장히 많은 난관을 뚫어야 하는 일이다. 아이를 낳지 않는 부부에게 울면서 시험관 수술 비용을 대주겠다고 말하는 시부모님도 있다고 하고, 딸을 볼 때마다 '아이 낳을 도리'를 이야기하는 친정 부모님도 적지 않다고 한다. 주변에는 아이를 낳아 키우는 사람들이 점점 늘어 갈 테고, 아이가 없으면 공통의 주제 의식이 없어 무리에서 고립되거나 소외감을 느낄 일이 잦을 것이다. 아이가 없어 아무도 날 찾지 않는 노년이 매우 걱정된다고 말하는 사람들도 상당수다.

이 수많은 난관을 뚫고, 흔들리지 않는 삶의 태도를 유지하기 위해서는 아이 없는 삶에 대한 내적 동기가 그 무엇보다도 확실해야 한다. '아이를 낳고 싶지 않은 이유'에 대해서 책 한 권을 써낸 나도 어느 날 문득 이게 맞는 건가 싶을 때도 있다. 그런데 고작 남의 삶이 좋아 보인다는 이유만으로 아이 없는 삶을 결정한다고? 확신하건대 그런 사람이 있을 리 없고, 당장 그렇게 마음을 먹었어도 높은 확률로 아이를 낳을 사람이라고 생각한다. 고정관념을 깨고, 남들의 시선을 무시하고, 이따금 느끼는 불안감에 흔들리지 않는 일은 매우 어렵기 때문이다. 그러니 이 책이 저출산 현상을 심화 시킨다는 식의 비난에 위축되지 않겠다.

한국은 아이를 키우기 매우 어려운 조건의 나라이다. 여성이 아이를 낳아 키우려면 경력 단절을 불사해야 하고, 아이를 보육 시설에 맡기려면 대기 번호를 받고 애타게 기다려야 한다. 국가 보육이 미흡하니 아이 부모의 윗세대까지 성치 않은 몸으로 황혼 육아에 뛰어들고, 사교육비와 서울 아파트값은 연일 고공 행진 중이다. 부부의 모든 생을 육아에 다 갈아 넣고도 아이가 훗날 양질의 일자리에서 일한다는 보장이 없는 나라. 금수저와 흙수저라는 암묵적인 계급이 존재하고 그에 따른 아이 미래를 어느 정도 예측이 가능한 나라. 그게 현재의 한국이다. 합계출산율 0명이라는 구체적인 수치는 이를 뒷받침해주는 증거일 뿐이다. 그에 따른 결과가 결혼하지 않는 비혼 남녀의 증가, 결혼해도 아이를 낳지 않는 부부의 탄생이다.

브런치에 글을 연재하면서 의외로 가장 많은 호응이 있었던 독자층은 아이를 키우는 30~40대 엄마들이었다. 그들은 아이를 키우고 있었지만 나의 글에 적극적으로 호응해주었다. 아이를 꼭 낳아야 한다고 강권하지 않음은 물론이고, 나의 선택을 기꺼이 지지해주었다. 예상치 못한 반응이었다.

나와 반대의 선택을 한 그들이지만, 엄마들은 이미 알고 있는 것이다. 이 땅에서 아이를 키우기 위해 엄마 자신의 삶을 얼마나 많이 깎아 내야 하는지, 여기저기서 아이 낳으라는 압박은 많으면서 정작 낳고 보니 육아는 오롯이 엄마의 몫이 되는 일이라든지. 나는 도저히 그 상황을 견뎌낼 자신이 없어 아이 갖기를 포기했다. 이런 나를 다 이해한다며 따뜻하게 도닥여주는 건 수많은 익명의 '엄마'들이었다. 놀라운 경험이었다.

겉으로 드러난 그들과 나의 삶은 접점이 거의 없다. 하루를 보내는 방식도 다르고, 머릿속에 문득 스쳐 지나가는 고민의 종류도 매우 다를 것이다. 하지만 한국에 사는 여성으로서 공유하고 있는 정서는 같다는 걸 깨달았다.

어떤 상황에 처하든 나의 정체성을 잃고 싶지 않다는 욕구, '자애로운 모성'이란 굴레는 여성에게 덧씌워진 억압이라는 반발, 그리고 내 몸에 대한 결정권은 국가도 집안도 아닌 내 것이라는 인식. 이 생각들을 공유함으로써 우린 하나의 지점에서 만날 수 있었다.

출산을 거부한단 이유로 악마라 욕을 먹는 나를 감싸줬던 건 엄마들이었고, 나 역시 엄마들을 억압하고 욕 먹이는 '노키즈존'이나 '맘충'에 대해선 적극적으로 반발한다. 비록 다른 선택을 하고 삶의 양태는 다르나 서로의 처지를 공감하고 연대하는 것. 단순히 높은 숫자의 출산율에 집착하기보다는 상대방을 향하는 아름다운 문장들과 단어들이 모여 사람을 보듬어주는 것. 이런 힘이 바로 지금 이곳을 살 만한 공동체로 만들어주는 거라고 나는 믿는다.

우리 둘만 행복하기로 결정했습니다

초판 1쇄 발행 2020년 4월 2일

지은이 이샛별
펴낸이 김영조
콘텐츠기획팀 권지숙, 김유진
디자인팀 왕윤경
마케팅팀 이유섭, 박혜린
경영지원팀 정은진
외부스태프 교정교열 작업실 손손
펴낸곳 싸이프레스
주소 서울시 마포구 양화로7길 4-13(서교동, 392-31) 302호
전화 (02) 335-0385/0399
팩스 (02) 335-0397
이메일 cypressbook1@naver.com
홈페이지 www.cypressbook.co.kr
블로그 blog.naver.com/cypressbook1
포스트 post.naver.com/cypressbook1
인스타그램 @cypress_book
출판등록 2009년 11월 3일 제2010-000105호

ISBN 979-11-6032-086-2 03810

· 책값은 뒤표지에 있습니다.
· 파본은 구입하신 곳에서 교환해 드립니다.
· 싸이프레스는 여러분의 소중한 원고를 기다립니다.

이 도서의 국립중앙도서관 출판예정도서목록(CIP)은 서지정보유통지원시스템 홈페이지(http://seoji.nl.go.kr)와 국가자료종합목록 구축시스템(http://kolis-net.nl.go.kr)에서 이용하실 수 있습니다. (CIP제어번호 : CIP2020009832)